A escrita como faca e outros textos

FÓSFORO

ANNIE ERNAUX

Vingar minha raça

Conferência do Nobel

Tradução do francês por
MARIANA DELFINI

1ª reimpressão

Seguido de

A escrita como faca

Entrevista concedida a Frédéric-Yves Jeannet

Seguido de

Retorno a Yvetot

Vingar minha raça

Conferência do Nobel

POR ONDE COMEÇAR? Já me fiz essa pergunta dezenas de vezes diante da página em branco. Como se fosse preciso encontrar a frase, a única possível, que me permitirá entrar na escrita do livro e varrerá, de uma só vez, todas as dúvidas. Uma espécie de chave. Hoje a mesma necessidade toma conta de mim para enfrentar uma situação que, passado o espanto do acontecimento — "é mesmo comigo que isso está acontecendo?" —, minha imaginação me apresenta com um terror crescente. Encontrar a frase que me dará a liberdade e a firmeza de falar sem tremer, neste lugar onde fui convidada a estar nesta noite.

Não preciso ir longe para buscar essa frase. Ela se manifestou. Em toda a sua nitidez, sua violência. Lapidar. Irrefutável. Ela foi escrita há sessenta anos em meu diário pessoal. *Vou escrever para vingar minha raça.* Ela ecoava o grito de Rimbaud: "Sou de raça inferior por toda a eternidade". Eu tinha 22 anos. Era estudante de letras em uma faculdade do interior, entre moças e rapazes, em sua maioria oriundos da burguesia local. Eu pensava, orgulhosa e ingenuamente, que escrever livros, tornar-se escritora, ao fim de uma linhagem de camponeses sem terra, operários e pequenos comerciantes, de gente desprezada por suas maneiras, seu sotaque, sua falta de cultura, seria suficiente para reparar a injustiça social de nascença. Que uma vitória individual apagaria séculos de dominação e pobreza, numa ilusão que a escola já tinha alimentado em mim com meu êxito acadêmico. De que modo meu sucesso pessoal poderia redimir quaisquer humilhações ou ofensas sofridas? Eu não me fazia essa pergunta. Tinha algumas desculpas.

Desde que aprendi a ler, os livros foram meus companheiros; a leitura, minha atividade natural fora da escola. Esse gosto foi alimentado por uma mãe que era ela mesma uma grande leitora de romances, entre um cliente e outro de sua loja, uma mãe que preferia que eu lesse em vez de costurar e tricotar. O preço alto dos livros, a suspeita que eles despertavam em minha escola religiosa tornavam-nos para mim ainda mais desejáveis. *Dom Quixote*, *As viagens de Gulliver*, *Jane Eyre*, contos dos Irmãos Grimm e de [Hans Christian] Andersen, *David Copperfield*, *E o vento levou*, depois *Os miseráveis*, *As vinhas da ira*, *A náusea*, *O estrangeiro*: mais que indicações vindas da escola, era o acaso que definia minhas leituras.

Decidi estudar letras para continuar na literatura, que se tornou um valor superior a todos os outros, um estilo de vida que fazia com que eu projetasse a mim mesma em um romance de Flaubert ou de Virginia Woolf e os vivesse literalmente. Uma espécie de continente que, sem me dar conta, eu contrapunha a meu meio social. E entendia a escrita apenas como a possibilidade de transfigurar o real.

Não foi a recusa de um primeiro romance por duas ou três editoras — romance cujo único mérito era a pesquisa de uma forma nova — que diminuiu meu desejo e minha altivez. Foram situações da vida em que ser mulher tinha um peso muito grande se comparado a ser homem em uma sociedade na qual os papéis eram definidos de acordo com o sexo; a contracepção, proibida, e a interrupção da gravidez, um crime. Casada e com dois filhos, um emprego de professora e o encargo da administração familiar, a cada dia eu me distanciava mais da escrita e da promessa de vingar minha raça. Não conseguia ler a parábola "Diante da lei", em *O processo*, de Kafka, sem ver ali a representação de meu destino: morrer sem ter cruzado a porta que era feita só para mim, o livro que apenas eu poderia escrever.

Mas não contava com o acaso particular e histórico. A morte de um pai três dias depois de minha chegada de férias à casa dele, uma vaga de professora em uma escola na qual os alunos são oriundos de meios populares semelhantes ao meu, os movimentos globais de contestação: tantos elementos que me levaram por caminhos imprevisíveis e sensíveis para meu mundo de origem, para minha "raça", e que deram a meu desejo de escrever um caráter de urgência secreta e absoluta. Dessa vez, não se tratava de me entregar a esse "escrever sobre nada" ilusório dos meus vinte anos, mas de mergulhar no indizível de uma memória reprimida e revelar a maneira de existir daqueles que eram próximos a mim. Escrever para entender os motivos dentro e fora de mim que tinham me distanciado de minhas origens.

Nenhuma escolha de escrita é óbvia. Mas, aqueles que, como imigrantes, não falam mais a língua dos pais, e aqueles que, como trânsfugas de classe social,* não compartilham mais a mesma língua, pensam sobre si e se expressam com outras palavras, todos deparam com obstáculos a mais. Um dilema. Eles de fato sentem a dificuldade, quiçá impossibilidade, de usar a língua adquirida, dominante, que aprenderam e admiram em obras literárias, para escrever o que tem relação com seu mundo

* "*Transfuge de classe*" ou "*transfuge social*", cuja tradução literal é "trânsfuga de classe", define, nos estudos da sociologia, pessoas que abandonaram sua classe social de origem. (N.T.)

de origem, seu primeiro mundo, feito de sensações, palavras que descrevem o cotidiano, o trabalho, o lugar ocupado na sociedade. De um lado está a língua na qual eles aprenderam a nomear as coisas, com sua brutalidade, seus silêncios, por exemplo o silêncio do face a face entre uma mãe e um filho, no texto tão bonito de Albert Camus, "*Entre oui et non*" [Entre o sim e o não]. Do outro lado, os modelos de obras admiradas, interiorizadas, aquelas que abriram o universo primeiro e às quais eles pensam dever sua elevação, que eles consideram com alguma frequência sua verdadeira pátria. Na minha figuravam Flaubert, Proust, Virginia Woolf: na hora de retomar a escrita, eles não me foram de nenhuma ajuda. Eu precisava romper com o "escrever bem", a frase bonita — a mesma que eu ensinava para meus alunos —, a fim de extirpar, exibir e entender a dilaceração que me atravessava. Espontaneamente, o que me ocorreu foi o clamor de uma língua que carregava cólera e escárnio, até grosseria, uma língua do excesso, rebelde, frequentemente utilizada pelos humilhados e ofendidos, como a única maneira de responder à memória do desprezo, da vergonha e da vergonha da vergonha.

Também muito rápido me pareceu óbvio — a ponto de não poder imaginar outro ponto de partida — enraizar a narrativa de minha dilaceração social na situação que vivi quando era estudante, situação revoltante, à qual o Estado francês sempre condenava as mulheres: o recurso ao aborto clandestino pelas mãos de uma fazedora de anjos. E eu queria descrever tudo que tinha acontecido com meu corpo de menina, a descoberta do prazer, a menstruação. Assim, nesse primeiro livro, publicado em 1974, sem que eu tivesse consciência disso na época, estava definido o espaço em que eu situaria meu trabalho de escrita, um espaço tanto social quanto feminista. Vingar minha raça e vingar meu sexo se tornariam a mesma coisa dali em diante.

Como se questionar sobre a vida sem se questionar também sobre a escrita? Sem se perguntar se esta reforça ou perturba as representações aceitas, interiorizadas, sobre os seres e as coisas? Será que a escrita rebelde, por sua violência e escárnio, não refletia uma atitude de dominada? Quando o leitor era alguém culturalmente privilegiado, ele mantinha a mesma posição de superioridade e condescendência em relação ao personagem do livro que na vida real. Então, em primeiro lugar foi para despistar esse olhar sobre meu pai — cuja vida eu queria contar —, o qual teria sido insuportável e, eu sentia, uma traição, que adotei a partir do meu quarto livro uma escrita neutra, objetiva, "simples", nesse sentido de não conter nem metáforas, nem sinais de emoção. A violência não era mais exibida, ela vinha dos próprios fatos, e não da escrita. Encontrar as palavras que contemplassem tanto a realidade quanto a sensação proporcionada pela realidade se tornaria, como é até hoje, minha preocupação constante ao escrever, qualquer que seja o objeto.

Continuar a dizer "eu" era necessário para mim. A primeira pessoa — aquela pela qual nós existimos, na maioria das línguas, desde que aprendemos a falar até a morte —, quando usada na literatura, é frequentemente considerada narcisista caso se refira ao autor, caso não se trate de um "eu" apresentado como fictício. Vale lembrar que o "eu", até então privilégio dos nobres que contavam elevadas proezas das armas em suas memórias, é uma conquista democrática do século 18 na França, a afirmação da igualdade dos indivíduos e do direito a ser sujeito da própria história, como é reivindicado por Jean-Jacques Rousseau no primeiro preâmbulo das *Confissões*: "E que não se objete que, sendo apenas um homem do povo, não tenho nada a dizer que mereça a atenção dos leitores. [...] Qualquer que seja a obscuridade em que vivo, se pensei mais e melhor que os reis, a história de minha alma é mais interessante que a história da deles".*

Não era esse orgulho plebeu que me motivava (ainda que...), mas o desejo de me valer do "eu" — forma tanto masculina quanto feminina — como uma ferramenta de exploração que capta as sensações, aquelas que a memória reprimiu, aquelas que o mundo ao redor não para de nos oferecer em todos os lugares e o tempo todo. Esse pressuposto da sensação se tornou para mim tanto o guia quanto a garantia de autenticidade de minha pesquisa. Mas, com qual finalidade? Para mim não se trata de contar a história da minha vida, nem de me livrar dos segredos dela, e sim de decifrar uma situação vivida, um acontecimento, uma relação amorosa, e desvelar assim algo que apenas a escrita pode fazer existir e acontecer, talvez, em outras consciências, em outras memórias. Quem poderia dizer que o amor, a dor e o luto, a vergonha, não são universais? Victor Hugo escreveu: "Nenhum de nós tem a honra de ter uma vida que seja apenas sua".** Mas, se todas as coisas são inexoravelmente vividas de modo individual — "é comigo que isso está acontecendo" —, elas só podem ser lidas da mesma maneira se o "eu" do livro de certa forma se tornar transparente, e o do leitor ou da leitora vier ocupá-lo. Que esse Eu seja, em suma, transpessoal, que o singular atinja o universal.

Foi assim que concebi meu comprometimento com a escrita, que não consiste em escrever "para" uma categoria de leitores, mas "a partir" da própria experiência de mulher e de migrante do interior; a partir de minha memória cada vez mais longa dos

* Jean-Jacques Rousseau, *Œuvres complètes 1 Les confessions; Autres textes autobiographiques*. Bernard Gagnebin e Marcel Raymond (Orgs.). Paris: Gallimard, 1959. Tradução própria. (N.T.)

** Victor Hugo, *Œuvres complètes Poésie V, Les Contemplations* (Prefácio de *Les Contemplations*). Paris: Hetzel-Quantin, 1882. Tradução própria. (N.T.)

anos atravessados; a partir do presente, que não para de fornecer imagens e falas dos outros. Esse comprometimento com a escrita, que oferece a mim mesma como garantia, se sustenta na crença, tornada certeza, de que um livro pode contribuir para mudar a vida de uma pessoa, para romper a solidão das coisas sofridas e enterradas, para pensar em si mesmo de um jeito diferente. Quando o indizível vem à luz, ele é político.

Hoje vemos isso com a revolta das mulheres que encontraram as palavras para perturbar o poder masculino e se insurgiram, como no Irã, contra sua forma mais violenta e arcaica. Escrevendo em um país democrático, continuo a me questionar, no entanto, sobre o lugar ocupado pelas mulheres, inclusive no mundo literário. Elas ainda não conquistaram a legitimidade para produzir obras. Na França e em todos os lugares do mundo, existem intelectuais homens para quem os livros escritos por mulheres simplesmente não existem, eles nunca os citam. O reconhecimento de meu trabalho pela Academia sueca é um sinal de justiça e esperança para todas as escritoras.

Ao revelar o indizível social, essa interiorização das relações de dominação de classe e/ou de raça, também de sexo, sentida apenas por quem está sujeito a ela, existe a possibilidade de uma emancipação individual, mas também coletiva. Decifrar o mundo real despojando-o de visões e valores que a língua carrega, qualquer língua, é perturbar a ordem instituída, é chacoalhar as hierarquias.

Mas não confundo essa ação política da escrita literária, sujeita à recepção pelo leitor ou pela leitora, com as posições que me sinto obrigada a tomar em relação a acontecimentos, conflitos e ideias. Cresci na geração do pós-guerra, em que era óbvio que escritores e intelectuais se posicionassem em relação à política francesa e se envolvessem nas lutas sociais. Ninguém sabe hoje se as coisas teriam sido diferentes sem as palavras e o engajamento deles. No mundo atual, em que a multiplicidade de fontes de informação, a substituição rápida de algumas imagens por outras induzem um tipo de indiferença, então se concentrar na arte é uma tentação. Mas, ao mesmo tempo, cresce na Europa — ainda disfarçada pela violência de uma guerra imperialista, levada a cabo pelo ditador à frente da Rússia — uma ideologia de retrocesso e fechamento, que se espalha e ganha terreno em países até então democráticos. Baseada na exclusão dos estrangeiros e dos imigrantes, no abandono das pessoas economicamente vulneráveis, no controle do corpo das mulheres, ela exige de mim, como de todos aqueles para quem os seres humanos têm a mesma importância, sempre e em todos os lugares, uma obrigação de vigilância. Quanto ao peso da recuperação do planeta, destruído em grande parte pelo apetite das potências econômicas, ele não pode recair sobre aqueles que já são carentes, como se corre o risco de acontecer. O silêncio, em determinados momentos da História, é inadmissível.

Ao me ser concedida a mais alta distinção literária que existe, um trabalho de escrita e uma pesquisa pessoal, realizados na solidão e na dúvida, são exibidos sob a luz de um holofote. Essa luz não me cega. Não enxergo a atribuição a mim do prêmio Nobel como uma vitória individual. Não é nem altivez nem modéstia pensar que ela é, de certa forma, uma vitória coletiva. Divido o orgulho que sinto com aqueles e aquelas que de alguma maneira aspiram a mais liberdade, mais igualdade e mais dignidade para todos os seres humanos, quaisquer que sejam seu sexo e seu gênero, sua pele e sua cultura. Aqueles e aquelas que pensam nas gerações que virão, na recuperação de uma Terra que a sede de lucro de poucos continua a tornar cada vez menos habitável para a totalidade das populações.

Se me volto para a promessa feita há vinte anos, de vingar minha raça, não saberia dizer se a cumpri. Foi dela e dos meus antepassados, homens e mulheres que suportaram a labuta que os levou a morrer cedo, que recebi força e fúria suficientes para ter o desejo e a ambição de criar para eles um espaço na literatura, nesse conjunto de vozes múltiplas que muito cedo me acompanhou, me dando acesso a outros mundos e a outros pensamentos, inclusive o de me revoltar contra ela e querer modificá-la. Para inscrever minha voz de mulher e de trânsfuga social naquilo que sempre se apresenta como um lugar de emancipação, a literatura.

A escrita como faca

Entrevista concedida a Frédéric-Yves Jeannet

OS OPOSTOS COSTUMAM NOS ATRAIR — o polo, no outro extremo. Ao buscarmos um sentido para o mundo e para nossas vidas, preferimos então nossas diferenças às similitudes; entre semelhantes, o dessemelhante, incapazes que somos de nos resignar a encontrar nos outros apenas nosso reflexo, a viver e a trabalhar apenas por identificação. Na verdade, aprendemos mais sobre a assimilação de um mundo compartilhado ao observar a busca empreendida pelos outros do que ao continuar a nossa própria busca com dificuldade, sempre a dois passos de desistir e à beira de um abismo. É nesse sentido que a leitura nos alimenta, pode nos salvar do processo tortuoso e torturante da escrita e nos dar forças para seguir em frente. Enfrentamos os maiores perigos, aceitamos correr todos os riscos quando se trata de investigar, tão fundo quanto possível, o ser por inteiro, sempre a ser decifrado e esclarecido, como em uma anamnese, seguindo o exemplo que nos deram Montaigne, Chateaubriand, Rousseau e Leiris.

Assim, é por ela ser à primeira vista o oposto, quanto à forma, de meu trabalho longo e labiríntico em busca de uma verdade sobre meu passado, que há vinte anos admiro a trajetória rigorosa e arriscada de Annie Ernaux; sua escrita que não mente, que é descarnada até o osso, que desnuda a dor, a alegria, a complexidade de existir. Admiro a capacidade dela de extrair a essência de uma massa necessariamente multifacetada e profusa de sensações, pensamentos e sentimentos, em livros condensados ao extremo, que parecem límpidos apesar de neles não se obliterar a dificuldade da abordagem, da decifração, que está sempre subjacente, indicada ao longo da própria narrativa. Adoro suas frases sem metáforas, sem *efeitos*, seu sílex afiado que vai direto ao ponto, esfolando, e adoro que esse movimento tenha se acentuado nos anos recentes por uma exploração cada vez mais arriscada, de uma precisão de entomologista, que vai até os confins daquilo que é aceitável dizer, daquilo que pode ou não ser dito.

Sem dúvida o incômodo, a incompreensão, as reações de rejeição que suas explorações de ser por inteiro, corpo e alma, provocam naquelas pessoas que têm por profissão ler e entender — e que hoje a vilipendiam — têm motivos mais obscuros, sejam eles políticos, misóginos ou moralistas, do que a análise literária. Isso me parece ser um sintoma claro das várias resistências incitadas por qualquer transgressão de fronteiras imutáveis, impermeáveis ou mantidas por essas mesmas pessoas, entre "o visto, o conhecido" e outros territórios intactos, inexplorados, os "territórios do Norte", que se estendem das fronteiras de Hong Kong até aquilo que, ainda há pouco, era outro mundo: a China. Portanto, quis tentar fazer Annie Ernaux contar as motivações profundas e as circunstâncias de seu gesto, de sua postura de escritora. Pois, assim como ela, também eu me acostumei há tempos a ser o andarilho insensível aos latidos, o capitão que nunca muda de rumo nem faz desvios: sei que é preciso ir sempre até o polo, como o capitão Hatteras, perseguir o que se quer dizer — e sem arredar. O desconforto é meu único método, o único meio de não reproduzir, mas de ultrapassar aquilo que nos legaram, ensinaram, enfim, de realizar aquilo que nos convenceram a não realizar e, assim, forçar uma passagem. Em direção a quê? Algum dia saberemos? Talvez a uma verdade: a nossa.

A entrevista, como outros gêneros ditos "menores", sempre me pareceu capaz de revelar aquilo que, sob a aparência de uma solicitação externa, costuma permanecer implícito na obra em questão; capaz de assim, talvez, abrir novas janelas dessa obra. No melhor dos casos, esse formato pode até mesmo nos conduzir por trilhas pelas quais a obra não envereda. Vem daí esse projeto antigo, a que Annie Ernaux se prestou com boa vontade, rigor e simpatia: trata-se, portanto, de uma entrevista — no singular, pois suas diferentes fases se encadearam até se tornarem, ao longo de um ano, um único questionamento dialógico, realizado completamente à distância, entre nossos respectivos polos e continentes, segundo o ritmo próprio da troca de mensagens eletrônicas.

F.-Y. J., 28 DE JUNHO DE 2002

HÁ SEIS ANOS, FRÉDÉRIC-YVES JEANNET, que mora nos Estados Unidos, e eu mantemos uma correspondência permanente e esparsa. Em seu livro *Cyclone* [Ciclone], publicado em 1997, identifiquei o comprometimento absoluto de um escritor com uma busca cujo objeto, a ferida ainda aberta, aparecia e desaparecia sem parar, toda a beleza de uma escrita que retoma e mistura os mesmos motivos, lugares e cenas, em uma sinfonia suntuosa e dilacerada. Os livros seguintes, *Charité* [Caridade] e, mais recentemente, *La Lumière naturelle* [A luz natural], mostram a continuação desse projeto singular, sem transigência. No ano passado, durante uma estadia na França, Frédéric-Yves Jeannet me perguntou se eu aceitaria fazer uma entrevista sobre aspectos da escrita e dos meus livros, usando, por exemplo, o e-mail. Seria algo bem livre, sem duração determinada nem finalidade precisa. Essa ausência de limitações, a própria incerteza do resultado, a forma totalmente escrita do intercâmbio, me seduziram. Acima de tudo, eu sabia que, por sua maneira de viver a escrita, Frédéric-Yves Jeannet seria um entrevistador profundamente *envolvido*. Não foram apenas as diferenças na maneira como trabalhamos que me pareceram uma oportunidade, uma espécie de garantia; a distância e a diferença de pontos de vista me fizeram sentir ao mesmo tempo mais livre e mais tentada a explicitar meu modo de proceder.

Durante cerca de um ano, sem uma regularidade específica, Frédéric-Yves Jeannet me enviou por e-mail um conjunto de perguntas e reflexões. Eu raramente respondia de imediato. Entre a redação de uma pergunta e aquilo que pensamos estar escrevendo existe um espaço angustiante, até ameaçador. Numa entrevista presencial, ainda que conduzida lentamente, nós nos esforçamos para ignorá-lo e atravessá-lo com mais ou menos facilidade e rapidez, pelo hábito. Aqui, eu podia tomar o tempo de domesticá-lo, de fazer surgir do vazio aquilo que penso, busco, experimento quando escrevo — ou tento escrever —, mas que está ausente quando não escrevo. Quando parecia ter encontrado alguma coisa mais acertada, me punha a escrever a resposta direto no computador, sem tomar notas e fazendo uma revisão mínima, seguindo a regra do jogo que eu tinha imposto a mim mesma.

Ao longo desta entrevista, me preocupei apenas com a sinceridade e a precisão, esta última se revelando mais difícil de alcançar que a primeira. Não é tão fácil descrever uma prática de escrita que começou há trinta anos sem unificá-la nem reduzi-la a alguns princípios. Mostrar suas inevitáveis contradições. Trazer detalhes concretos daquilo que na maioria das vezes escapa da consciência. É o meu desejo quem reúne as frases dos meus livros, escolhe as suas palavras, e não consigo explicar isso aos outros, pois escapa a mim mesma. Mas achei que podia indicar o intuito dos meus textos, falar dos meus "motivos" para escrever. Que eles pertençam ao domínio da imaginação não altera o fato de que atuam realmente na forma do texto. Espero apenas ter conseguido apresentar algumas verdades individuais e provisórias — certamente passíveis de revisão por outras — sobre aquilo que ocupa muito da minha vida.

Percorri com curiosidade, prazer, às vezes incerteza, as trilhas que foram abertas pouco a pouco, com sutileza e determinação, por Frédéric-Yves Jeannet. Consegui assim ir *para outros lugares*, como prometi que faria, no começo da entrevista? Não; talvez, além do amor, apenas a descida sem proteções a uma realidade que pertence à vida e ao mundo, para dali arrancar palavras que resultarão em um livro, tenha esse poder. Aqui, escrevi sobre a escrita, o mundo não estava presente. Há algo de irreal em contar uma experiência de escrita que, em última análise, não é demonstrável. Que talvez se desvele de outra maneira. Por exemplo, nessa imagem indelével de uma lembrança que mais uma vez assoma:

Foi logo depois da guerra, em Lillebonne. Tenho mais ou menos quatro anos e meio. Pela primeira vez assisto a uma apresentação de teatro, com meus pais. Ela acontece ao ar livre, talvez no campo americano. Alguém traz uma caixa grande para o palco. Ali dentro fecham uma mulher, hermeticamente. Homens começam a trespassar a caixa com longas estacas. Dura muito tempo. O tempo do horror da infância não acaba. No fim das contas, a mulher sai da caixa, intacta.

A. E., 8 DE JULHO DE 2002

Para começar

Frédéric-Yves Jeannet
Minha proposta é começarmos uma exploração das modalidades e circunstâncias da escrita que resultaram na sua obra e que a fundamentam.

Annie Ernaux
Aqui, do umbral das entrevistas que faremos sobre os livros que escrevi e minha prática, minha relação com a escrita, eu gostaria de falar dos perigos e dos limites de um exercício com o qual, no entanto, vou me comprometer, num esforço de verdade e precisão. Repare que não usei a palavra "obra". Pessoalmente, não penso nessa palavra nem a escrevo, é uma palavra para os outros, como aliás a palavra "escritora". São quase palavras de obituário, ou ao menos de livros didáticos, quando tudo já chegou ao fim. São palavras fechadas. Prefiro "escrita", "escrever", "fazer livros", que se referem a uma atividade em processo.

Esses perigos e limites são, enfim, mais ou menos os mesmos de qualquer discurso retrospectivo sobre si próprio. Querer esclarecer, pôr ordem naquilo que estava obscuro, sem forma, no momento em que eu escrevia, é me condenar a não expor as derrapagens e retomadas de pensamento, de desejos, que resultaram em um texto, a negligenciar a ação da vida, do presente, na elaboração desse texto. Quando se trata de se lembrar da escrita, mesmo que recente, a memória falha ainda mais do que em relação a qualquer outro acontecimento da vida. É possível também que, ao final, eu fique perplexa, oprimida pelo tom sério, pela gravidade desse esforço de explicação — fenômeno que surgiu no século 20, antes não se explicava assim seu próprio trabalho. (Não, eu estava me esquecendo de Flaubert, no século 19, de quem derivou toda a desgraça!) Talvez eu queira apenas me recordar de uma menininha lendo o folhetim *L'Écho de La Mode*, ou escrevendo cartas para uma amiga inventada, nos degraus da escada, na cozinha espremida entre o café e a mercearia, e dizer: deve ter começado aqui. Repare que já entrei no mito da predestinação à escrita...

Frédéric-Yves Jeannet
Entendo suas reservas com relação à entrevista, em que o desafio é forçosamente diferente daquele que surge na escrita; mas acredito que esse gênero — que é de fato muito recente, ainda que existam alguns exemplos mais antigos, como as conversas com Goethe, com Jules Verne — pode ser pensado não apenas como uma explicação a posteriori da trajetória da escrita, mas, tal como o diário ou a correspondência, como uma exploração em paralelo à da escrita "literária" propriamente dita, exploração certamente arriscada, mas que pode dar a oportunidade de dizer, graças a um pedido, no interior de uma forma dialógica, aquilo que a obra não diz, ou que expressa de modo completamente diferente. Então, vou tentar levá-la aos poucos a explorar uma espécie de *outro lugar*, se você concordar com isso.

Annie Ernaux
O que eu temo, ao falar da minha maneira de escrever, dos meus livros, é, como posso dizer?, a racionalização *a posteriori*, o caminho que vemos ser desenhado depois de ter sido percorrido. Mas se a entrevista pode me levar, como você propõe, para *outro lugar*, por que não?, eu aceito.

✷

Frédéric-Yves Jeannet
Façamos uma primeira incursão nesse "outro lado", começando pelo sentido mais literal. Você menciona com frequência suas várias viagens, mas quase nunca as descreve nos livros. Assim, elas deixam pouquíssimos vestígios na escrita, a não ser em um nível informativo, contextual. O que a viagem representa para você, em relação à escrita? Você se considera escritora apenas quando está sentada na frente da sua mesa ou diante do computador?

Annie Ernaux
Viajei muito nos últimos quinze anos por causa dos meus livros, para muitos países da Europa, da Ásia, do Oriente Médio, da América do Norte, realizando assim meu grande sonho de infância de partir, ver o mundo. À exceção de uma viagem para Lourdes, não saí da Normandia antes dos meus dezenove anos, e tinha 21 quando fui para Paris pela primeira vez. Mas, no quarto de hotel em outro país, muitas vezes me surpreendo por estar ali, por não estar mais feliz. Parece que estou dentro de um filme, como figurante. Tem o filme japonês, coreano, egípcio... Nas viagens não sinto as coisas intensamente. Nesse tipo de viagem, isto é, uma viagem oficial, cujas condições são geralmente artificiais, de caminhos demarcados, não faço uma

imersão de verdade no país. Era com a *aventura* da viagem que eu sonhava quando criança, o que não existe nesses casos. E, depois, para viver as coisas intensamente, preciso revivê-las. Veneza, para onde fui uma dúzia de vezes, rende páginas e mais páginas — apenas no meu diário pessoal. É sempre ali que anoto minhas impressões, os encontros, as coisas que vi. Mas quando estou viajando, nunca continuo um livro que está em processo. Não tenho tempo para isso e não conseguiria fazê-lo. Todas as atividades que são o motivo das minhas viagens — encontros com estudantes, escritores, jornalistas — me fazem viver na superfície de mim mesma, na dispersão. Não é ruim; no sentido etimológico, as férias perfeitas são isto, um período de vazio. Não aguento por muito tempo, não mais de uma semana. Sobretudo se estou escrevendo um texto. Nesse caso, a prisão é estar do lado de fora; e a liberdade, o escritório onde me tranco. É aqui que existo de verdade, não que me sinto escritora. Nunca penso em mim mesma como escritora, apenas como alguém que escreve, que *precisa* escrever. Nesse sentido, não tem por que fazer disso uma coisa grandiosa.

Para mim, a escrita tem duas formas

Frédéric-Yves Jeannet
Mais adiante continuaremos a explorar algumas dessas margens da atividade de escrita. Mas antes vamos passar pela obra já realizada. Você concordaria com uma divisão dela, para estudá-la tal como ela se desenvolveu até hoje, em três "zonas" bem demarcadas: os romances (de maioria autobiográfica), as "narrativas autobiográficas" (as aspas indicam aqui o aspecto aproximativo dessas classificações) e, por fim, o diário, que hoje corresponde a quatro volumes publicados? Ao escrever, você sentiu a transição de uma fase a outra, uma alternância entre elas ou a simultaneidade?

Annie Ernaux
Tenho a sensação de estar sempre cavando o mesmo buraco nos meus textos. Mas reconheço que existem diferentes modos de escrita. De início houve a ficção, como se fosse algo natural, nos meus primeiros três livros publicados, que traziam a palavra "romance" quando saíram. *Les Armoires vides* [Os armários vazios], *Ce Qu'ils Disent ou Rien* [O que dizem ou nada] e *La Femme gelée* [A mulher fria]. Depois, outra forma, que surgiu

com *O lugar* e poderia ser classificada de "narrativa autobiográfica", porque afasto qualquer ficcionalização e, à exceção de erros da memória, os acontecimentos são verídicos em todos os seus detalhes. O "eu" do texto e o nome inscrito na capa do livro remetem à mesma pessoa. Em resumo, são narrativas nas quais tudo que pudesse ser verificado por uma investigação policial ou biográfica — o que muitas vezes é a mesma coisa! — se revelaria correto. Mas não fico satisfeita com essa expressão "narrativa autobiográfica", porque ela não é suficiente. Ela destaca um aspecto certamente fundamental, uma postura de escrita e de leitura radicalmente oposta à do romancista, mas não diz nada a respeito do intuito do texto, da construção dele. O que é mais complicado ainda é que ela impõe uma imagem redutora: "a autora fala de si". Bem, *O lugar*, *Une Femme* [Uma mulher], *A vergonha* e *O acontecimento* em parte são menos autobiográficos e mais autossociobiográficos. E *Paixão simples*, *L'Occupation* [A ocupação] são análises da impessoalidade das paixões pessoais. De modo geral, os textos desse segundo período são, antes de tudo, "explorações" em que se trata menos de afirmar o "eu" ou de "encontrá-lo" e mais de perdê-lo em uma realidade mais ampla, uma cultura, uma situação, uma dor etc. Em comparação com a forma do romance dos meus primeiros anos, tenho a impressão de uma liberdade imensa e, naturalmente, terrível. Um horizonte se revelou no momento em que recusei a ficção, todas as possibilidades de forma se abriram para mim.

Na minha prática de escrita, me inclino a colocar o diário à parte. Antes de tudo porque ele foi meu primeiro registro de escrita, sem um intuito literário específico, foi um mero confidente e um apoio. Comecei um diário pessoal quando tinha dezesseis anos, numa noite de tristeza, em uma época em que eu não imaginava especificamente que dedicaria minha vida à escrita. Se me empenhei a "escrever bem" no início, a espontaneidade rapidamente tomou conta: nenhuma rasura, nenhuma preocupação com a forma nem obrigação de regularidade. De todo modo, eu escrevia para mim mesma, para me libertar das emoções secretas, sem nenhuma intenção de mostrar meus cadernos a quem quer que fosse. Continuei com essa espontaneidade, essa indiferença a um julgamento estético, essa recusa do olhar de outra pessoa (meus cadernos sempre foram muito bem escondidos!) nos meus diários pessoais quando comecei a escrever textos para serem publicados. Acho que ainda tenho isso, quero dizer, não "antecipo" muito um leitor.

Sempre fiz uma grande distinção entre os livros que decido escrever e meu diário pessoal. Nos primeiros, tudo está por ser feito, decidido, em função de um intuito, que se realizará ao longo da escrita. No segundo, o tempo impõe a estrutura, e a vida imediata é o material. É, portanto, mais limitado, menos livre, não tenho a sensação de "construir" uma realidade, apenas de deixar um rastro da existência, *registrar* alguma coisa, sem finalidade específica, sem qualquer prazo para publicação, um *estar aqui* em estado puro. Mas preciso diferenciar o diário realmente pessoal do diário que contém um projeto específico, que é o caso de *Journal du dehors* [Diário da vida lá fora] e de *La Vie extérieure* [A vida exterior], que voluntariamente se afastam da introspecção e do episódio pessoal, e nos quais é raro usar o "eu". Neles, a estrutura não acabada, o fragmento e a cronologia como enquadramento que caracterizam a forma do diário estão a serviço de uma escolha e de uma intenção, que é fazer uma espécie de fotografia da realidade cotidiana, urbana, coletiva.

Resumindo um pouco: para mim, a escrita tem duas formas. De um lado, os textos elaborados (dentre os quais, *Journal du dehors* e *La Vie extérieure*) e, de outro, em paralelo, uma atividade de diarista, antiga, multiforme. (Assim, junto aos cadernos de diário pessoal, tenho, desde 1982, um "diário de escrita", com dúvidas, problemas com que me deparo ao escrever, redigido sem esforço, com elipses, abreviações). No meu entendimento, esses dois modos de escrita representam um pouco uma oposição entre "público" e "privado", literatura e vida, totalidade e incompletude. Ação e passividade. Anaïs Nin escreveu no seu *Diário*: "Quero desfrutar, não transformar". Eu diria que o diário pessoal me parece ser o lugar da fruição e que os outros textos são o lugar da transformação. Tenho mais necessidade de transformar que de desfrutar.

Para mim, literatura era romance

Frédéric-Yves Jeannet
Assim como os seguintes, seus três primeiros livros foram escritos em primeira pessoa; de onde vem, na sua opinião, o fato de a voz narrativa deles ter sido recebida e entendida, quando eles foram publicados, como a de uma heroína de romance? Você compartilha desse ponto de vista? Você tinha a sensação de haver deslocado ou disfarçado a verdade?

Annie Ernaux
Para mim também eram romances, não há dúvida nenhuma! Pelo menos os dois primeiros, *Les Armoires vides* e *Ce Qu'ils Disent ou Rien*. Quanto a *La Femme gelée*, nem tanto. São romances em sua intenção, em sua estrutura, não são sequer "autoficções". Em 1972, quando começo *Les Armoires vides*, no "espaço das possibilidades" que se abre mais ou menos conscientemente para mim, não consigo vislumbrar outra coisa que não um romance. Para mim, literatura era romance. Naquele momento, para mim, a literatura equivalia apenas ao romance, que pressupõe uma transfiguração da realidade. Essa ideia de transfigurar a realidade — portanto, de "fazer literatura" — tinha muito mais

importância aos meus olhos que a possibilidade dada pela ficção de se proteger, se ocultar dizendo "inventei tudo".

Les Armoires vides é construído como um romance. A voz narrativa é de uma moça de vinte anos, Denise Lesur, que está fazendo um aborto em seu quarto da cidade universitária. Por um momento, tive vontade de empregar não o "eu", mas o "ela", e até tirei a sorte para escolher entre um dos dois. Foi o "eu" que venceu, mas acho que teria chegado ao "eu" de toda forma. Porque, dentro do enquadramento ficcional, faço uma análise da minha própria dilaceração social: filha de donos de um café-mercearia, frequentando a escola particular, cursando a faculdade. Também vivi o aborto que serve de moldura para essa volta no tempo. No conteúdo não transformo a realidade e, aliás, também não a transfiguro! Em vez disso, mergulho dentro dela, e com muita audácia. Além do mais, há um momento em que zombo da literatura institucionalizada, a que estudo na faculdade e que não me ajuda em nada no exato momento em que estou com uma sonda dentro de mim, e exijo um texto no qual haveria "a transfiguração da sonda"... Mas, uma vez que me posicionei na *intencionalidade* de um romance, me concedi o direito, sem nem sequer me questionar, de não apenas modificar os nomes, mas de criar personagens com vários seres reais — a amiga Monette, por exemplo — e de mudar os lugares.

Esse livro será lido pela crítica como um romance, e pelos leitores, como um romance autobiográfico. Obviamente, não será lido como um romance pelas pessoas mais próximas. Em primeiro lugar, minha mãe, que naquele momento morava comigo. Com muita inteligência, mas também submetendo-se à violência que lhe infligia — ela sofreu profundamente por causa desse livro —, minha mãe entrou no jogo, fingiu que era tudo inventado. Às vezes acho que ela deve ter pensado: "Afinal, deve ser sempre assim quando se escreve, contam-se as coisas reais, e isso é batizado de romance". E ela se calou, por admiração incondicional pela literatura, pelos escritores. Ela queria que eu escrevesse, não imaginava que seria aquilo, um livro que não tinha nada a ver com o que ela adorava, o amor — "o romance de amor", como ela dizia —, e tinha tudo a ver com o real, com a nossa vida, a loja, com ela.

O livro seguinte, *Ce Qu'ils Disent ou Rien*, é ainda mais "romance", se é que posso dizer isso. A voz narrativa é de uma menina de quinze anos, Anne — essa proximidade do nome, no entanto, mostra uma necessidade de deixar pistas autobiográficas —, e a concepção dele destaca ainda mais a ficção, uma vez que a estrutura não é, como no primeiro livro, de uma *busca*, mas a recordação de coisas que aconteceram num verão. Para mim é mesmo um romance, porque, quando o escrevi — durante o verão de 1976, o verão da grande seca, quase surrealista, tudo ficou branco-acinzentado por causa do calor —, tive a sensação de desaparecer por detrás de uma história, de me tornar (de novo) aquela adolescente, combinando coisas da minha própria juventude com a experiência que tinha com adolescentes enquanto professora.

Não é o caso de *La Femme gelée*, que em retrospecto vejo como um texto de transição para o abandono da ficção no sentido tradicional. Como em *Les Armoires vides*, trata-se da exploração de uma realidade que contempla minha experiência — aqui, o papel feminino. Mas o "eu" da narradora é anônimo — o leitor é convidado a pensar que se trata da autora —, e a recordação da trajetória feminina parte do presente da escrita, no modo autobiográfico. Nas conversas de que participei na época da publicação do livro, notei que ninguém lia o livro como um romance, e sim como uma narrativa autobiográfica. Não fiquei nem um pouco incomodada com isso, sob nenhum ponto de vista, nem pessoal, nem literário. Naquela época, em 1981, e desde alguns anos antes, eu me questionava muito sobre a escrita e não confundia mais literatura e romance, literatura e transfiguração do real. Aliás, eu tinha parado de definir a literatura. Hoje também não a defino, não sei o que ela é.

Frédéric-Yves Jeannet
Desde o seu primeiro livro entramos diretamente na questão de *O acontecimento*, escrito vinte anos depois. Você enxerga uma diferença substantiva entre o "eu" daquele momento e o "eu" de hoje?

Annie Ernaux
Uma diferença entre o "eu" de *Les Armoires vides*, romance, e o "eu" de *O acontecimento*, autobiografia... Realmente não sei dizer. Vou olhar a questão por outro ângulo: em *Journal du dehors* e *La Vie extérieure*, em que o "eu" está bem pouco presente, não existe menos "verdade" ou "realidade" do que nos outros textos: é a escrita, no conjunto, que determina o grau de verdade e de realidade, não apenas o uso do "eu" ficcional ou autobiográfico. Não são poucas as narrativas autobiográficas que passam uma impressão insuportável de faltar com a verdade. E textos chamados de romance que a captam. Dito isso, a famosa frase de Gide em seu *Diário*, sobre o romance captar "talvez mais verdade [que as memórias]" é pura opinião — o que, aliás, não impediu que seu autor escrevesse inúmeras obras autobiográficas —, embora todos aqueles que são hostis a esse tipo de escrita bradem essa frase como um dogma. Os lugares-comuns e os clichês a respeito da literatura são muito cansativos, porque quem os usa geralmente pensa ser superior e os assevera com uma certeza que provocaria risos em qualquer outra área. E como chegar a um consenso quanto à definição de verdade...

Para mim, a verdade é simplesmente o nome que se dá àquilo que se procura e que escapa constantemente.

Voltando à questão do "eu": antes de tudo, é uma *voz*, enquanto o "ele" ou o "ela" são, criam, personagens. A voz pode ter todos os tipos de tons: pode ser violenta, gritante, irônica, histriônica, sedutora (textos eróticos) etc. Ela pode se impor, se destacar ou se apagar diante dos fatos que narra, brincar com diferentes registros ou permanecer na monofonia. Eu realmente não tenho a mesma voz em *Les Armoires vides* e *O acontecimento*. A mudança acontece com *O lugar*. Mudança não apenas da voz, mas da postura do ato de escrever como um todo.

Sinto a escrita como faca

Frédéric-Yves Jeannet
A transição para esse outro "eu", de depois dos romances, veio naturalmente ou foi difícil para você? O que a levou ao abandono de uma escrita mais "literária", ainda que fosse um estilo conhecido, em nome de outra escrita — que eu chamaria de "clínica", alguns denominam "branca" e você, "neutra" — em *O lugar*?

Annie Ernaux
Acredito que tudo em *O lugar* — a forma, a voz, o conteúdo — nasceu da dor. A dor que me atingiu na adolescência, quando comecei a me distanciar do meu pai, antigo operário, dono de um pequeno café-mercearia. Dor sem nome, misto de culpa, incompreensão e rebeldia (por que meu pai não lê?, por que ele tem um "jeito grosseiro", como se diz nos romances?). Dor que envergonha, que não pode ser nem confessada nem explicada a ninguém. E também uma outra dor, a que senti ao perdê-lo abruptamente, quando fui passar uma semana na casa dos meus pais depois de ter percebido como, no fundo, ele sonhava com a minha ascensão social: me tornei professora, entrei em outro mundo, aquele no qual éramos vistos como "gente humilde", essa

linguagem da condescendência... Eu precisava escrever sobre o meu pai, sobre sua trajetória de camponês que se tornou pequeno comerciante, sua maneira de viver, mas precisava fazer um livro justo, que correspondesse à lembrança vibrante dessa dor.

Titubeei muito durante cinco anos. Em 1977, escrevi cem páginas de um romance que não quis continuar, que me provocava uma sensação muito forte de falsidade, cuja origem me escapava, cuja causa não entendia, uma vez que a escrita e a voz eram as mesmas que as dos livros anteriores. Em 1982 fiz uma reflexão difícil, que durou mais ou menos seis meses, a respeito da minha situação de narradora oriunda do mundo popular e que escreve, como Genet dizia, na "língua do inimigo", que utiliza o conhecimento da escrita "roubado" dos dominadores. (Essas expressões não são fortes demais, como você poderia pensar; por muito tempo — e talvez ainda hoje — tive a sensação de ter conquistado o conhecimento intelectual à força.)

Ao fim dessa reflexão, cheguei a isto: o único modo justo de rememorar uma vida aparentemente insignificante, a vida do meu pai, de não *trair* (a ele, ao mundo de onde vim, que continua a existir, o dos dominados), era reconstituir a realidade dessa vida por meio de fatos precisos, por meio das falas que ouvi. O título que por muitos meses dei a esse projeto — *O lugar* só se impôs no fim — deixava bastante claras as minhas intenções: *Elementos para uma etnologia familiar*. Não podia mais ser um romance, porque isso teria feito a existência real do meu pai desaparecer. Também não era mais possível utilizar uma escrita afetiva e violenta, dotando o texto de uma coloração populista ou miserabilista, a depender do momento. Eu sentia que a única escrita "justa" era a de uma distância objetificadora, sem expressar afetos, sem qualquer cumplicidade com o leitor erudito (cumplicidade que não está absolutamente ausente dos meus primeiros textos). Foi isso que chamei, em *O lugar*, de "escrita neutra, a mesma escrita que eu usava em outros tempos nas cartas que enviava a meus pais contando as novidades".* Essas cartas que menciono eram sempre concisas, no limite do despojamento, sem efeitos estilísticos, sem humor — coisas que eles veriam como "floreado", "dúbio". Acho que na escolha dessa escrita, e por tê-la feito, eu assumo e ultrapasso a dilaceração cultural: a de ser uma "migrante do interior" da sociedade francesa. Levo para a literatura algo de duro, pesado, até violento, ligado às condições de vida, à língua do mundo que, até os meus dezoito anos, tinha sido completamente aquele em que vivi, um mundo operário e camponês. Algo real até hoje.

Se essa maneira de escrever está associada à escrita "branca" definida por Barthes ou ao minimalismo, isso é problema dos pesquisadores de literatura, que precisam definir as correntes, classificar, que trabalham com o que está dado, comparam etc. Para mim, antes de escrever não existe nada além de um material informe, lembranças, visões, sentimentos etc. Todo o desafio consiste em encontrar as palavras e as frases mais precisas, que farão as coisas existirem, consiste em "ver" esquecendo as palavras, em existir no que penso ser uma escrita do real. Ainda que essa formulação possa soar vaga ou duvidosa, se ela não fizesse sentido no momento em que escrevo eu com certeza não passaria horas no mesmo parágrafo...

Frédéric-Yves Jeannet
Com o olhar retrospectivo que podemos ter hoje para o itinerário que a levou de seus primeiros "romances" a seus últimos livros, nota-se que existe um despojamento progressivo a serviço de uma pesquisa cada vez mais precisa e aguda da verdade; essa sua nova forma, que existe desde *O lugar* e vai

* Annie Ernaux, *O lugar*. Trad. de Marília Garcia. São Paulo: Fósforo, 2021, pp. 14-5.

até *L'Occupation*, é sua voz, sua tessitura definitiva, aquela que você buscava atingir?

Annie Ernaux

Será que escrevo do mesmo jeito desde *O lugar*? Isto é, com o mesmo ritmo das frases, o mesmo andamento, de um livro para o outro? Mas também com mais despojamento? Realmente, não sei avaliar. Tudo que sei é que esse livro inaugurou, como já disse, uma *postura* de escrita que ainda mantenho, uma exploração da realidade exterior ou interior, do íntimo e do social no mesmo movimento, fora da ficção. E a escrita — "clínica", segundo você — que utilizo é parte integrante da pesquisa. Sinto a escrita como faca, é quase a arma de que preciso.

✶

Frédéric-Yves Jeannet

A questão do "gênero" sempre se apresenta quando lemos seus livros: o gênero específico do diário pessoal, escrito no desenrolar da vida, é por definição anterior à narrativa de exploração autobiográfica, bastante elaborada, que representa uma espécie de síntese, de concretização ou de análise dessa experiência que é então relatada no passado ("Desde setembro do ano passado", "Em outubro de 1963", "Topografia de Y. em 52" etc.). Ao publicar *Se Perdre* [Se perder] você demonstra, além de explicar em uma nota inicial, que a mesma experiência dá origem a uma escrita dupla: a imediata, segundo você, contém "uma outra 'verdade', diferente daquela de *Paixão simples*". Ela se manifesta de formas muito diferentes nos dois livros. Você retira do diário ou da agenda o material das suas narrativas?

Annie Ernaux
Adoro reler meus diários pessoais de tempos em tempos, sobretudo os dos últimos anos, mas sempre com uma finalidade, diria uma curiosidade, puramente pessoal, sem qualquer preocupação artística. Nunca busquei neles o material dos meus livros, nunca os escrevi e nem hoje os escrevo para que "sirvam" para um texto elaborado. Muitos textos meus se referem a épocas em que eu não tinha diário pessoal, como a infância, ou então a épocas cujo diário desapareceu (entre meus dezesseis e 22 anos). É o caso de *Les Armoires vides*, de *A vergonha*, quando eu não tinha diário. Ou, ainda, aquilo de que falo não é tratado no diário pessoal (*O lugar*), ou muito pouco (*La Femme gelée*). Mas é verdade que, em uma espécie de atitude positivista — um desejo de não esquecer os *fatos reais* —, de escrúpulo — "será que esqueci alguma coisa significativa?" —, retorno ao diário pessoal que cobre o mesmo período de um texto quando ele está bem adiantado, quase finalizado. Fiz isso com *Paixão simples*, com *L'Occupation*. O diário correspondente às visitas a minha mãe no hospital, durante seu Alzheimer, me aterrorizava de tal forma — como se, por tê-lo escrito, eu tivesse levado minha mãe a morrer —, que não o reli antes de terminar *Une Femme*. Para *O acontecimento*, meu diário pessoal e a agenda de 1963, muito sucintos, que atenuavam a situação, serviram antes de tudo como balizas e lembretes; eu os considerava documentos históricos. Em resumo, para mim o diário não é uma espécie de rascunho nem de recurso. É mais um documento.

Publiquei apenas dois diários pessoais, *Je Ne Suis pas Sortie de ma Nuit* [Eu não saí da minha noite] e *Se Perdre*, ambos redigidos dez anos antes de serem publicados e cujo conteúdo, o período vivido, já tinha sido objeto de uma narrativa autobiográfica, respectivamente *Une Femme* e *Paixão simples*. Dessas duas circunstâncias — a passagem de dez anos e a existência de um livro —, a segunda é a mais importante: é ela que me permite lançar um olhar objetivo, frio, para o diário, considerar o "eu" um outro, uma outra, e sobretudo enxergar para além do contexto daquela época, para além dos sentimentos expressos, enxergar ou sentir, melhor dizendo, a escrita, a verdade produzida pela escrita. Mas a publicação do diário me permite "acionar" o primeiro texto, jogar outra luz sobre ele, com o risco de desestabilizar o leitor que se vê diante de duas "versões" da paixão, por exemplo, com *Se Perdre* e *Paixão simples*. Uma versão longa, escrita dia após dia, na opacidade do presente, e outra curta, depurada, transformada para descrever a realidade da paixão. Nos dois casos, o texto do diário (*Je Ne Suis pas Sortie de ma Nuit*, assim como *Se Perdre*) é mais violento, cru, que o outro texto e, por causa disso, penso que não tenho o direito de escondê-lo, que é preciso "mostrar todas as peças", como dizia Rousseau… Desmistificar, também, o fechamento da obra.

Um desejo de dissolução

Frédéric-Yves Jeannet
Então, no caso daqueles períodos antigos em que você não possuía um diário pessoal, um documento "histórico", trata-se de um trabalho da memória, de uma reconstituição progressiva ou de uma "epifania" repentina? Em *Journal du dehors*, você menciona visitas ao arquivo da Sorbonne... Quando fala de uma canção da época, por exemplo, ou de um acontecimento daquele momento, em *A vergonha*, *O lugar*, você faz pesquisas? O problema é um pouco diferente em *Paixão simples* ("La lambada"), em *L'Occupation* (a queda do Concorde), os quais tratam de acontecimentos contemporâneos à escrita do texto: "Quando comecei a pensar neste texto, uma granada de morteiro caiu no mercado de Sarajevo" (*A vergonha*).*

Annie Ernaux
Meu método de trabalho se baseia fundamentalmente na memória, que com frequência me abastece com elementos ao escrever, mas também nos momentos em que não escrevo, quando estou

* Id., *A vergonha*. Trad. de Marília Garcia. São Paulo: Fósforo, 2022, p. 80.

obcecada pelo livro que está em processo. Escrevi que "a memória é material"; talvez ela não o seja para todo mundo, para mim ela é concreta ao extremo, restituindo com a maior precisão coisas que vi, escutei (um catálogo de frases, frequentemente isoladas, fulgurantes), gestos, cenas. Essas "epifanias" constantes são o material de que são feitos meus livros, também as "provas" da realidade. Não consigo escrever sem "ver" nem "escutar", mas para mim é "rever" e "reescutar". Não se trata de usar aquelas imagens, falas, como elas são, de escrevê-las ou citá-las. Preciso "aluciná-las", repisá-las (como explico no começo de *O acontecimento*, que é o texto em que fui mais fundo em meu trabalho de escrita), e depois me esforço para "produzir" — e não contar — a sensação que a cena, o detalhe, a frase me transmitem, por meio da narrativa ou da descrição da cena, do detalhe. Preciso da sensação (ou da lembrança da sensação), preciso desse momento em que, desprovida de tudo, nua, a sensação surge. Só então procuro as palavras. Isso significa que a sensação é um critério de escrita, um critério da verdade. Aqui, estou sofrendo por precisar falar em termos tão abstratos sobre um trabalho, um mecanismo, que são muito concretos na prática. Talvez fosse melhor falar em termos de uma "imagem congelada", de uma gravação de secretária eletrônica em que não conseguimos parar de pensar — mas tudo isso acontece na imaginação, tudo é invisível e mudo até que as palavras cheguem ao papel.

Gostaria de insistir nesse fato de que há sempre um detalhe que "crispa" a lembrança, que provoca esse congelamento da imagem, a sensação e tudo que ela desencadeia. Um objeto — o guardanapo que minha mãe segurava nas mãos quando meu pai morreu. Uma frase — "ele ganhou forças",* que a aborteira disse, referindo-se ao feto na minha barriga.

* Id., *O acontecimento*. Trad. de Isadora de Araújo Pontes. São Paulo: Fósforo, 2022, p. 46.

Até agora só recorri a documentos históricos em *A vergonha*. Fui consultar o jornal regional dos meus doze anos no arquivo de Rouen. Há poucos textos em que não evoco canções, porque elas marcam a minha vida inteira e cada uma traz imagens, sensações, um monte de lembranças e o contexto de cada ano: "La lambada" do verão de 1989, "I Will Survive" de 1998, "Mexico" e "Voyage à Cuba" de 1952. São *madeleines* ao mesmo tempo pessoais e coletivas. Quanto às fotos, elas me fascinam, são de fato o tempo em estado puro. Eu poderia passar horas diante de uma foto, como se estivesse diante de um enigma. As fotos que descrevo estão comigo, naturalmente, e as coloco diante de mim num primeiro momento.

Frédéric-Yves Jeannet
O que a leva a fazer esse trabalho? A necessidade de entender, de esclarecer o passado, de aproximá-lo do presente, de reconstituir o que não deixou vestígio escrito? Seu projeto atual tem a ambição — como outros projetos autobiográficos baseados no trabalho da memória (Chateaubriand, Leiris, Proust...) — de "cobrir" o conjunto do que foi vivido, preenchendo pouco a pouco as zonas cinzentas? É assim que você pretende trabalhar nos textos que ainda virão?

Annie Ernaux
Não desejo descobrir as zonas cinzentas da minha vida, nem me lembrar de tudo o que me aconteceu, e meu passado, em si, não me interessa de forma especial. Quase não penso em mim como um ser único, no sentido de absolutamente singular, e sim como uma soma de experiências, também de determinações, sociais, históricas, sexuais, de linguagem, e em contínuo diálogo com o mundo (do passado e do presente), o que, juntando tudo, resulta necessariamente em uma subjetividade única. Mas utilizo minha

subjetividade para encontrar, desvelar mecanismos ou fenômenos mais gerais, coletivos. Essa formulação não é suficiente, para dizer a verdade. Houve vezes em que gostei de dizer: "Vivo as coisas como todo mundo, de um jeito particular, mas quero escrevê-las de um jeito geral". Talvez tenha sido no fim de *O acontecimento* que melhor expressei isso, ao dizer que queria que toda a minha vida se tornasse algo inteligível e geral, se dissolvesse completamente na cabeça e na vida das pessoas.* Tem uma frase de Brecht que faz muito sentido para mim: "Ele pensava dentro de outras cabeças; e na sua, outros, além dele, pensavam".** No fundo, o objetivo final da escrita, o ideal a que aspiro, é pensar e sentir dentro dos outros, como os outros — os escritores, mas não apenas — pensaram e sentiram em mim.

* Id. Ibid., p. 71.

** Bertolt Brecht apud Paulo Arantes, *O fio da meada: uma conversa e quatro entrevistas sobre filosofia e vida nacional*. Rio de Janeiro: Paz e Terra, 1996, p. 8.

Uma espécie de canteiro de obras

Frédéric-Yves Jeannet
Você lida com vários tipos de escrita ao mesmo tempo e atravessa sem parar as fronteiras rígidas entre os gêneros que pratica: diário público, com intenção política ou sociológica, diário pessoal, em que estão presentes sensações e sentimentos distantes de qualquer intenção etnológica, diário de escrita, obras de criação, ou melhor, de recriação do passado, distante ou próximo. Como você "administra" essa alternância de gêneros e seus respectivos mecanismos? Um penetra no outro? Como, em certo momento, você escolhe começar um livro recorrendo a um determinado gênero?

Annie Ernaux
Existem os diários e existe o resto, que é uma espécie de canteiro de obras.

O que faz os diários serem um conjunto, para além de sua diversidade — diário pessoal, público, de escrita, de visitas a minha mãe —, é o presente. Aquilo que escrevo em um diário, seja o que for, apreende o presente. Por diferentes razões, claro: definir uma emoção, um encontro, dificuldades da vida ou da escrita, acreditando que escrever vai me ajudar de alguma maneira. O diário é o reservatório da fugacidade. A divisão entre diferentes diários (para falar a verdade, trata-se de folhas soltas, com exceção do diário pessoal, que é um caderno) daquilo que me atravessa acontece de uma maneira espontânea, ditada pelo hábito, o primeiro hábito. O primeiro gesto. Sempre me surpreendo com a importância do primeiro gesto, do que ele desencadeia, do que ele estabelece. Fala-se muito disso quando o assunto é cigarro, mas sinto sua força em todos os lugares, do amor ao crime. Certa noite, quando eu tinha dezesseis anos, fui à loja de minha mãe pegar um caderno Clairefontaine, anotei o ano, a data, e em seguida desabafei minha tristeza, que era de natureza amorosa e social (por não ter um vestido para dançar, não podia ir a um baile em que estaria o rapaz que eu amava, e certas meninas da minha sala estariam lá). Tomei gosto de forma definitiva, sem a menor dúvida, sem nenhuma intenção de minha parte. Paralelamente, num dia de 1983 escrevi num papel solto, separado do meu diário pessoal, algumas frases sobre minha mãe, que começava a perder a memória. Depois, tudo que estivesse relacionado à minha mãe ia para folhas soltas, primeiro diferentes, depois preenchidas uma após a outra. A escolha — espontânea — de outro suporte, sem pensar a esse respeito nem tomar uma decisão clara, corresponde a um desejo inconsciente de isolar alguma coisa da realidade, um "material de escrita", no fundo, mas não existe um projeto elaborado. São as artimanhas do desejo. Eu poderia dizer o mesmo sobre *Journal du dehors*, ou até sobre o diário de escrita; escrever sobre a escrita, quando não se consegue fazer escolhas, ainda é uma maneira de escrever... Maurice Blanchot escreveu sobre isso em *O livro por vir*, coisas interessantes, ainda que severas, a respeito do que é ou não é literatura. Para ele, o diário não é literatura.

Então existe uma divisão, mas às vezes também sobreposição. Em meu diário pessoal dos anos 1983-6, também falo da minha mãe — assim como no diário sobre ela, *Je Ne Suis pas Sortie de ma Nuit*, falo de um homem, A., meu amante (que não é o A. de *Paixão simples*). O diário pessoal também fala muito de escrita. Mas, e isso é um ponto crucial, a depender do suporte, a depender do tipo de diário, *nunca escrevo da mesma maneira* sobre assuntos idênticos.

Se nos diários existe um futuro "literário" — uma finalização, uma publicação —, isso acontece à sua revelia. O canteiro de obras é, pelo contrário, a projeção dentro de uma totalidade, ainda que em duas ou três páginas. É nisso que penso em termos de trabalho, projeto, pesquisa; não penso em gênero, de modo algum. Na prática, esse canteiro de obras é feito de diferentes "pistas", de indicações de exploração — que o diário de escrita explicita, sistematiza nos piores dias, para "ver com mais clareza" —, de começos mais ou menos longos, que não foram utilizados, uma quantidade grande de anotações, de dados da memória, de frases etc., pois "pode servir no futuro"... Tudo, organizado em diferentes pastas de papelão, de acordo com os projetos. Assim, nos anos 1989-90 havia um dossiê "PS" — que significava "Paixão por S." — contendo fragmentos escritos com os quais eu decidiria fazer um texto autônomo apenas muitos meses depois, quando tivesse a sensação de que alguma coisa ganhara corpo e de que não havia outra opção a não ser continuar. Como em um campo magnético, em determinado momento tudo que estava espalhado e separado, desordenado, se organiza, se desenha.

Um dos motivos que me levou a publicar *Se Perdre* foi mostrar o "jogo" — no sentido de espaço que separa — entre o diário pessoal e o texto de *Paixão simples*. Em certos casos, certos momentos, acontece uma interpenetração entre o diário pessoal

— mais que os outros diários — e o canteiro de obras dos textos preliminares, no plano dos objetos, do conteúdo, mas não da escrita, uma vez que o objetivo dos dois é completamente diferente para mim. As primeiras páginas de *Une Femme* foram escritas — de jeitos diferentes — no meu diário pessoal e em *Je Ne Suis pas Sortie de ma Nuit*. O diário pessoal de junho de 2000 a janeiro de 2001 está "duplicado", a partir de agosto, em algumas folhas sem finalidade específica que guardei em uma pasta com a palavra "a ocupação", que seria o título do texto publicado. Mas, mais frequentemente, os diários e o canteiro de obras têm poucas interferências entre si (estou pensando em *O acontecimento*, *A vergonha*).

Algo perigoso

Frédéric-Yves Jeannet
O desejo que você frequentemente expressa de correr riscos ao escrever, de escrever "algo perigoso", estaria ligado mais ao tema que à forma? Parece-me que, à medida que seus livros se distanciam do romance, fica mais nítido um questionamento da estrutura tanto da narrativa quanto da frase, uma busca precisa, que estava menos presente nos seus primeiros livros: a busca de uma escrita "neutra", de uma frase cada vez mais curta, que recusa qualquer *páthos*. Sua pesquisa atual vai nesse sentido?

Annie Ernaux
"Algo perigoso"... Não era isso que eu desejava quando, em 1972-3, comecei a escrever *Les Armoires vides*, meu primeiro livro publicado, mas enquanto escrevia esse texto eu me dei conta de que estava indo muito fundo na exploração do conflito cultural que tinha vivido, dividida entre meu meio familiar e a escola, e que minha escrita era de uma grande violência. Essa descoberta não me suscitava nenhum temor: como não tinha certeza de que seria publicada, ia em frente impavidamente, o perigo não era real. Quando soube que a editora Grasset, e depois a

Gallimard, que foi a que escolhi, queriam publicar *Les Armoires vides*, lembro que fui tomada de pânico. De repente meu livro se tornava *real*, era como se eu tivesse feito uma maldade secreta que agora vinha à luz. Eu tinha vergonha do meu livro e, no entanto, não me ocorreu assiná-lo com um pseudônimo: precisava assumir o que tinha escrito, enfrentar o olhar das pessoas do meu círculo familiar e profissional. O engraçado é que, dez anos antes, eu tinha imaginado que publicar meu primeiro livro seria um momento de pura felicidade, e ali estava eu, vivendo isso como uma provação. Eu estava entrando "mal", de maneira incorreta, suja, na literatura, com um texto que negava os valores literários, zombava de tudo, machucaria minha mãe. Não era um primeiro romance simpático, que me traria o respeito da região onde eu morava, os parabéns da família. Mas no fundo eu sabia que não teria conseguido escrever qualquer coisa diferente daquilo. Desde o princípio, sem uma intenção clara, me coloquei numa zona perigosa, escrevia "contra", contra inclusive a literatura que eu ensinava. Acho que foi ali que tomei gosto. Mas talvez essa explicação não baste.

Vejo outros motivos para esse desejo de escrever "algo perigoso", muito associados ao sentimento de traição da minha classe social de origem. Meu trabalho é "um luxo" — que luxo seria maior do que poder dedicar a maior parte da própria vida à escrita, ainda que ela também seja um sofrimento? —, e uma das maneiras de "compensar" isso é a escrita não trazer nenhum conforto, é me sacrificar, eu, que nunca ganhei a vida com o suor do rosto. Outro motivo é o fato de a minha escrita contribuir para subverter as visões dominantes do mundo.

Você me perguntou se o perigo está no tema ou na forma. Para ser sincera, não separo um do outro, e diria até que o perigo está, fundamentalmente, na maneira de escrever. Pode-se evocar a morte e a doença dos pais de uma forma patética e eufemística, alusiva. Pode-se falar da cultura popular de maneira populista; da paixão, com lirismo etc. Tudo isso já foi feito, não seria perigoso fazer de novo. Mas, ao buscar a maneira mais justa, que melhor corresponda àquilo que sinto para "lidar com o meu tema", fui cada vez mais levada a buscar formas novas, sobretudo a partir de *O lugar*. Mas com certeza falaremos disso novamente adiante.

Frédéric-Yves Jeannet
Então você busca renovar a forma da narrativa? Em que consiste seu trabalho com a sintaxe?

Annie Ernaux
O que precisa ser dito sempre determina a maneira de dizê-lo, determina a escrita e também a estrutura do texto. Foi o que aconteceu quando escrevi *A vergonha*, o que inclusive é avisado, analisado, no próprio texto: acabei de narrar uma cena traumatizante entre meus pais, que aconteceu nos meus doze anos, e, para apreender a realidade da vergonha indizível pela qual passei, sou obrigada — isto é, qualquer outra possibilidade me parece falsa — a descrever os códigos e as crenças desse mundo perdido. Escrever se tornou para mim uma espécie de exploração total. Nessas condições, o gênero não me interessa, não me questiono a respeito disso.

Não poderia afirmar que busco renovar a forma da narrativa; busco principalmente encontrar uma forma pertinente àquilo que vejo diante de mim como uma nebulosa — a coisa a ser escrita —, e essa forma nunca está dada de antemão.

Buscar formas novas

Frédéric-Yves Jeannet
Mas o passo que você deu para outra forma de escrita impossibilita um retorno à forma do romance? Você sente, tal como eu, que a forma romanesca caducou, depois de ter sido levada ao limite no século 20?

Annie Ernaux
Será que precisamos sempre nos definir em relação ao "romance"? Isso que chamamos de romance não está mais no meu horizonte. Tenho a impressão de que essa forma tem menos força no imaginário e na vida das pessoas (não se deve confundir efeito midiático e efeito de leitura, ainda que eles pareçam se confundir hoje em dia). Os prêmios literários ainda exaltam o romance a torto e a direito — o que dá prova menos de sua vitalidade e mais de seu caráter institucionalizado —, mas existe outra coisa sendo elaborada, que é tanto uma ruptura quanto uma continuidade relacionada às grandes obras da primeira metade do século 20, a de Proust, Céline, os textos surrealistas. Para mim, *Nadja* é o primeiro texto da nossa modernidade.

Nos livros didáticos de literatura, nas matérias para o Bac e para o Capes,* fala-se do "romance" como se ele tivesse uma essência, pede-se uma dissertação sobre o romance "fornecendo exemplos". No senso comum, a palavra "romance" circula com um sentido cada vez mais amplo. Há defensores histéricos da "ficção". Mas, no fim das contas, o rótulo, o gênero, não têm nenhuma importância, sabemos disso. Há apenas livros que perturbam, abrem a cabeça, os sonhos ou os desejos, que nos acompanham, que por vezes dão vontade de escrever por conta própria. As *Confissões* de Rousseau, *Madame Bovary*, *Em busca do tempo perdido*, *Nadja*, *O processo*, de Kafka, *As coisas*, de Perec, há muito perderam seu rótulo, se é que um dia tiveram algum.

Frédéric-Yves Jeannet

Você disse que foi cada vez mais levada "a buscar formas novas, sobretudo a partir de *O lugar*". Já falamos da questão do gênero, mas me permita retomá-la, pois ela diz respeito tanto aos seus livros já escritos quanto àqueles que você pretende escrever, e, além disso, esse fenômeno é um dos aspectos do seu trabalho que, na minha opinião, o tornam inovador: você superou o romance, a autoficção e até mesmo o gênero autobiográfico tradicional. É possível dizer que sua pesquisa atual se compara a um trabalho entomológico, ou a um estudo realizado sob um microscópio e, nesse caso, qual seria seu material preferido? Você imagina a continuação do seu trabalho como uma "escavação" do passado, a expansão de determinadas cenas, como já encontramos em alguns de seus livros em que cenas da memória se sobrepõem às dos livros anteriores? Ou então seu projeto

* Trata-se do Baccalauréat, exame realizado ao fim do ensino médio, como um vestibular, e do Certificat d'aptitude au professorat de l'enseignement du second degré (Capes), que valida a formação do professor de ensino médio, semelhante a um diploma de licenciatura. (N.T.)

poderia mudar de rumo e tomar como objeto o presente e o passado imediato, como você fez em *L'Occupation*?

Annie Ernaux

A questão das formas (prefiro essa palavra a "gênero", que é um método de classificação do qual gostaria de escapar) é central para mim, mas inseparável do material. Às vezes, a forma vem quase naturalmente com o tema, não existe uma pesquisa de fato. Foi o caso de *Paixão simples* e *L'Occupation*, recentemente, e em parte de *Journal du dehors*. Por outro lado, precisei de mais tempo, titubeei, em *O lugar* e *A vergonha*. Muitas vezes existe uma restrição do material inicial (vem daí a sua sensação de uma expansão de cenas, de "escavação") e, ao mesmo tempo, a descoberta da estrutura, da forma em geral, o que se aplica a *O acontecimento*, *O lugar*, *A vergonha* (que era, a princípio, um exercício de memória do ano de 1952 inteiro). No fundo mantenho a certeza de Flaubert, para quem "cada obra a ser feita traz em si sua poética, que é preciso encontrar". Quando não a encontro logo de cara, vou fazer outra coisa, mas sempre retorno ao projeto abandonado, mesmo que para modificá-lo. Tudo isso talvez pareça vago para você (mas fico realmente nesse estado vago até entrar de fato em um texto, até ser levada pelo que já foi escrito).

Em *Paixão simples*, *L'Occupation*, mas também *Une Femme*, o intervalo de tempo entre a vida e a escrita foi muito curto, mas ainda assim ele existe, de algumas semanas a alguns meses. Esses três textos foram "duplicados" em um diário que, esse sim, é a apreensão do que foi vivido no calor do momento, algo como o esforço para "se lembrar do presente", segundo a aspiração de Jules Renard, registrada em seu diário: "A verdadeira felicidade seria se lembrar do presente".

Quanto à questão do material, passado ou presente, diria que estou em um passado que chegaria até o presente, portanto algo no âmbito da história, mas esvaziado de qualquer narrativa. (Não consigo dizer mais nada a esse respeito, esses dois aspectos são neste momento minhas grandes dificuldades!)

Frédéric-Yves Jeannet
Quanto ao "material" dessas formas novas e diversas que você encontra para cada livro, ou que o material delas impõe a você, você falava em *Une Femme* sobre sua vontade de escrever "algo entre a literatura, a sociologia e a história"; o que você tem a dizer sobre a psicologia, qual é sua relação com a psicanálise? A escrita é análoga à psicanálise, na sua opinião?

Annie Ernaux
Essa aspiração de quinze anos atrás, de escrever algo "entre a literatura, a sociologia e a história", ainda é o cerne do meu intuito, mesmo que alguns textos — apenas três — se afastem disso.

Justamente por não me interessar muito pelas minhas zonas cinzentas pessoais, sempre fui indiferente à psicanálise. Que bem me trariam revelações pontuais? E, sobretudo, o que eu faria com elas? Quero dizer, o que eu faria com elas na escrita? O fato de os leitores frequentemente acreditarem que escrever é a mesma coisa que fazer psicanálise, principalmente quando se trata de uma escrita autobiográfica, me parece ter relação com uma esperança e com um mal-entendido. Esperança de se libertar sozinho de seus problemas, da dor de viver, e ao mesmo tempo ser reconhecido pelos outros, o grande prêmio psíquico-simbólico. Mal-entendido porque é acreditar que a escrita *não passa* da procura de coisas reprimidas, que ela se assemelha ao processo da cura psicanalítica. Tenho a impressão de que, ao escrever, eu me projeto no mundo para além das aparências, por meio de um trabalho em que todo o meu conhecimento, assim como minha cultura, minha memória etc. estão empenhados e que resulta em um texto e, portanto, aos outros, sejam eles muitos ou poucos — não é esse o ponto. É o contrário de "trabalhar a si mesmo". Se existe algo de que devo me curar, para mim isso passa apenas pelo trabalho com a linguagem e com a transmissão, oferecer um texto para os outros, quer eles aceitem ou não.

Mas, é claro, não nego de jeito nenhum a contribuição da psicanálise ao conhecimento humano — que é imensa —, nem seu uso como metodologia na literatura. Mas por vezes existe um aspecto policialesco, desesperador — isso aconteceu por causa disso, e além de tudo eu tenho certeza! —, nessa vontade de arrancar à força os componentes psíquicos do autor, de perseguir as confissões do texto como se fossem as de alguém acusado de cometer um crime. Há alguns anos, um psicanalista que a imprensa consultava regularmente encontrou um erro de pontuação em *A vergonha* — um ponto-final no lugar de uma vírgula — e elucubrou em cima desse erro, no qual ele enxergava uma "confissão muda", o vestígio inconsciente de algo em convulsão, segundo sua brilhante interpretação que, sem surpresa alguma, tinha a ver com o complexo de Édipo. Só que ele tinha lido mal, não enxergou a construção estilística, e não havia nenhum erro de pontuação... Para resumir, ele tinha preferido atribuir a mim um erro de sintaxe do que se perguntar sobre a validade de sua tese. Há momentos em que penso como Adorno, que diz em *Minima Moralia* que a psicanálise transforma em banalidades convencionais os segredos dolorosos de uma existência individual.

Um dom reverso

Frédéric-Yves Jeannet
Nos seus livros, uma espécie de "culpa" por ter mudado de classe social é com frequência reiterada; essa culpa é proporcional ao sucesso, ao status e à estatura que você conquistou como escritora? Como você lida com esse sucesso?

Annie Ernaux
Jean Genet diz algo como: "A culpa é um excelente motor para a escrita", e não foi à toa que usei justamente uma frase dele como epígrafe no início de *O lugar*. Acredito que essa culpa é definitiva e que, se ela está na base da minha escrita, é também a escrita que mais me liberta dela. A imagem de um "dom reverso", no fim de *Paixão simples*, se aplica a tudo isso que escrevo. Tenho a impressão de que a escrita é aquilo que, no meu caso, na minha condição de trânsfuga, consigo fazer de melhor como ato político e como "dádiva".

Foi nos primeiros anos do meu casamento que senti mais culpa, quando deixei completamente meu meio, fui morar em Alta-Saboia, me tornei professora e me vi vivendo como a burguesia cultural. Foi um pouco antes de 1968. Eu não gostava mais de mim, não gostava mais da minha vida. Meu pai tinha acabado de morrer. No colégio de Bonneville, eu enxergava com clareza as diferenças entre os alunos, de linguagem, de desenvoltura e, naturalmente, de êxito, ligadas às suas origens sociais. Em algumas meninas eu via a mim mesma, as notas boas e a inabilidade, uma espécie de retração perante os professores, por não pertencermos ao mesmo mundo. A partir de 1967, escrever assumiu a perspectiva de desvelar tudo aquilo através da minha história.

Dito isso, tenho consciência de que o sentimento de culpa não é simples, não se reduz à passagem de uma classe social para outra. Diria que, no meu caso, ele tem elementos sociais, familiares, sexuais e religiosos, devido a uma infância muito católica. Tudo isso se tornou claro para mim sem investigação, até mesmo sem me interessar muito. O que conta é a intencionalidade de um texto, que não está na investigação a meu respeito ou do que me leva a escrever, mas em uma imersão na realidade que pressupõe a perda do eu — a qual, claro, deve ser relacionada com o social, o sexual etc.! — e uma fusão no sujeito indeterminado, no "nós".

Acabo de notar que não respondi à pergunta: "Como você lida com o sucesso?". Acho que "lido" me sentindo ainda mais em dívida, sentindo que preciso fazer outros textos, continuar a escrever, sendo que, na realidade, eu faria isso de todo modo... Quanto ao dinheiro que os livros me dão — de modo irregular, para dizer a verdade —, tendo a vê-lo como um luxo, um grande prêmio não merecido, simplesmente porque ele sempre se somou ao meu salário de professora e então me permite viver melhor do que se eu trabalhasse apenas dando aulas. Bem, para mim foi difícil, muitas vezes doloroso, dar conta do ensino e da escrita, por isso eu não deveria pensar assim. Mas no fundo dessa atitude está a impossibilidade, que é tenaz em mim, de estabelecer uma relação entre o preço de um livro, o dinheiro relativo a cada exemplar vendido e aquilo que ele me *custou*. Em relação ao que fiz, sempre é ao mesmo tempo demais e insuficiente. Não existe preço justo.

Trânsfuga

Frédéric-Yves Jeannet
Se você concordar, eu gostaria de falar de política, um tema muitas vezes considerado quase indecente na "arte" e de fato bastante caloroso (assim como o dinheiro e a sexualidade, dizia Butor em 1973). Você escreve textos para a imprensa de esquerda (*Europe*, *L'Humanité*, *L'Autre Journal*) e me disse que ia votar na extrema esquerda na eleição presidencial. Como adquiriu sua consciência política? O meio operário e de pequenos comerciantes de onde você vem não é necessariamente sensível às questões políticas — aliás, assim como a burguesia!

Annie Ernaux
Você quer dizer uma consciência política de esquerda. A diferença fundamental entre a esquerda e a direita é que a primeira não se conforma com as desigualdades das condições de vida entre os povos do mundo, entre as classes, eu acrescentaria entre homens e mulheres. Ser de esquerda é acreditar que o Estado pode fazer alguma coisa para tornar as pessoas mais felizes, mais livres, mais educadas, que isso não é questão apenas de vontade pessoal. No fundo da visão de direita encontra-se

sempre uma aceitação da desigualdade, da lei do mais forte e da seleção natural, tudo aquilo que está em ação no liberalismo econômico que vem afundando o mundo atual. E apresentar o liberalismo como uma fatalidade, da maneira que se faz em todos os lugares, é uma atitude, um discurso fundamentalmente de direita. Ao escolher o liberalismo a partir de meados dos anos 1980, a esquerda governamental francesa se tornou de direita, perdeu sua consciência da realidade do mundo social.

Foi dessa realidade, das diferenças econômicas, culturais, que tomei conhecimento muito cedo, acredito. Você está certo ao dizer que o meio de pequenos comerciantes é pouco politizado, vota principalmente na direita. Muitas vezes ouvi meus pais afirmarem, como um princípio intocável: "Não se fala de política no comércio!". Expressar minhas opiniões políticas teria prejudicado os interesses deles. O meio operário era muito fortemente politizado, porém de forma mais moderada na cidadezinha onde eu morava, em que havia apenas pequenas fábricas, empresas que empregavam duas ou três pessoas, ateliês de costura com moças que tinham deixado a escola aos catorze anos, mais preocupadas com os rapazes e os divertimentos — e que eu invejava por isso! — do que com política. Em resumo, nunca estive cercada de um *discurso político* no sentido estrito da expressão, nunca frequentei reuniões de partidos políticos, como outros fizeram. Mas, e isso é um ponto crucial, até os dezoito anos eu estive totalmente imersa na realidade social no meu dia a dia, no plano econômico, cultural, alimentar. Nunca li nem ouvi falar da frase de Marx "Diga-me o que comes e eu te direi quem és" na minha juventude, mas isso era óbvio para mim, eu via o que os clientes da minha mãe compravam na mercearia de acordo com o bolso deles. Eu sabia muito bem em que dia o auxílio governamental "caía". Dizer que "eu sabia muito bem" não é muito preciso, era esse mundo que me moldava, não era preciso ouvir para saber. As palavras ligadas ao trabalho, à contratação e à demissão, "fazer cortes" etc., entraram no meu vocabulário naturalmente. Eu as escutava no café, ao lado da mercearia. Fui crescendo nesses dois lugares públicos — não tínhamos praticamente nenhuma intimidade familiar —, em meio a diferentes formas da realidade social, da miséria também. Penso nos homens bêbados, que eu imaginava voltando para casa naquele estado, diante dos filhos que tinham a minha idade, era horrível demais, injusto demais.

Meus pais também haviam sido operários, tinha sido muito difícil para eles "chegar lá" (eles contavam o caixa todo dia, angustiados...), nunca fechavam a loja, ralavam como loucos. Na aparência, eles faziam parte de uma classe média baixa, mas estavam profundamente no mundo meio proletário, meio camponês. Entre si, falavam normando. A memória deles, como a de toda a minha família, era a memória da pobreza, de ter abandonado a escola aos doze anos, da fábrica, da Frente Popular, da qual sempre ouvi falarem com uma emoção circunspecta. Eles nunca fizeram pouco-caso, nem em particular, nem em público, dos seus clientes mais carentes. Minha mãe era uma mulher orgulhosa — quando era operária, um encarregado disse a seu respeito: "Essa daí pensa que saiu da coxa de Júpiter" —, rebelde, que não suportava a "elite" arrogante da cidade. Meu ex-marido dizia que conseguia facilmente vê-la como uma tricoteira da Revolução.* Uma mulher sempre disposta, também, a ajudar, a cuidar dos doentes e dos velhos do bairro, muito generosa, como se ela se sentisse em dívida por ter se "saído" melhor que os outros. Um misto de catolicismo em ação, sincero, sem qualquer intuito evangelizador, e de desejo violento de justiça.

* *Tricoteuse* foi o apelido dado às mulheres que, durante a Revolução Francesa, se reuniam para assistir ao espetáculo das execuções públicas. (N.T.)

Mas talvez tenha sido ao frequentar a escola particular — até o fim do ensino médio — que descobri, na vergonha e na humilhação que me atingiam, numa época em que se consegue apenas sentir, e não pensar claramente, as diferenças entre os alunos. Diferenças que, de início, não são associadas explicitamente à origem social, ao dinheiro e à cultura de que os pais dispõem, e que são vividas como falta de dignidade pessoal, inferioridade e solidão. O próprio êxito escolar, nesse caso, não é visto como uma vitória, mas como um acaso frágil, esquisito, uma espécie de anomalia, de todo modo você está em um mundo ao qual não pertence. Como uma criança que vivia em um ambiente dominado, tive uma *experiência* precoce e permanente da realidade das lutas de classe. Em algum lugar Bourdieu cita "o excesso de memória daqueles que são estigmatizados", uma memória indelével. Vou ter isso para sempre. É ela que está atuando no olhar que volto para as pessoas em *Journal du dehors* e *La Vie extérieure*.

Frédéric-Yves Jeannet

Esse posicionamento à esquerda, que nasceu da sua consciência da luta de classes, também se assemelha a palavras de ordem frequentemente citadas de Marx, Rimbaud, Breton (e por isso adquiridas, imagino, na universidade), "Mudar a vida", "Transformar o mundo", e seria também esse desejo duplo o intuito primordial de sua obra, entendida em seu conjunto, em seu "projeto"?

Annie Ernaux

Não se passa automaticamente da experiência social — nem da consciência social, aliás — para a consciência política. Inclusive, tenho a impressão de que as três só se associaram para mim no último ano do ensino médio, no colégio de Rouen, sob a influência de uma professora notável, mme. Berthier. Diante de uma sala hiperburguesa, com algumas exceções, ela declarava friamente que no nosso lugar deveriam estar moças que, naquele mesmo momento, faziam cursos profissionalizantes. Isso era 1958-9, em plena guerra da Argélia, e ela havia envolvido toda a sala na tarefa de dar assistência a uma família numerosa de argelinos que vivia em um galpão. Foi nesse ano que descobri o marxismo e o existencialismo, *O segundo sexo*, de Simone de Beauvoir.

Uma coisa que as pessoas com certeza não imaginam hoje é como, apesar da pouca presença da televisão — mas com um índice de leitura maior dos jornais —, a política era presente nas conversas, como as opiniões políticas eram defendidas com virulência, violência. Quando entrei na faculdade de letras, em 1960, quando não se enxergava o fim dos "acontecimentos da Argélia" e existiam grupelhos favoráveis à Organização Armada Secreta (OAS),* era impossível ser apolítico. Apesar de não ser militante, eu estava próxima do Partido Socialista Unificado (PSU). Em 1962 votei pela primeira vez, e votei contra a eleição para presidente da República por sufrágio universal, de acordo com a posição de Mendès France, em *La République moderne* [A República moderna] (a última eleição, de 2002, mostra que ele não estava errado).

Frédéric-Yves Jeannet
Mas sua relação com a política também passa pela literatura, especificamente pelo surrealismo? O que você (sua obra, quero dizer) ainda guarda dos seus estudos e da escolha em estudar o "movimento" surrealista?

* A Organisation Armée Secrète era formada por grupos paramilitares de direita contrários à independência da Argélia. (N.T.)

Annie Ernaux

Descobri o surrealismo por meio de um livro de Maurice Nadeau, *Histoire du surréalisme* [História do surrealismo], quando eu estava na faculdade, em 1961-2, com um enorme entusiasmo. Foi a ideia de uma revolução total, na vida e na literatura, na arte, que de início me deixou eufórica, a recusa de ideologias conservadoras e a violência com a qual Aragon, Breton, Buñuel, Dalí etc. preconizavam a liberdade sexual, atacavam concretamente os símbolos do capitalismo, do colonialismo, da religião, da literatura oficial, Claudel, Anatole France. Essa "barbárie" rompia com o conformismo dos anos 1960. Naquela época, dificilmente se encontravam textos surrealistas exceto na coleção Poètes d'Aujourd'hui [Poetas de hoje], da editora Seghers, e precisei esperar o verão de 1963 para ler os *Manifestos do surrealismo*, publicados na coleção Idées [Ideias]. Foi com esse livro e com o *Manifesto do Partido Comunista*, de Marx, que saí de férias. É claro que peguei para mim instantaneamente a frase de Breton: "'Mudar a vida', disse Rimbaud, 'Transformar o mundo', disse Marx; essas duas palavras de ordem são apenas uma para nós". Os *Manifestos* deixaram uma marca tão forte em mim que decidi obter meu diploma de licenciatura, a atual *maîtrise*, sobre o surrealismo.

No que diz respeito ao meu trabalho, a recusa do romance pelos surrealistas reforçou a minha. De modo geral, é a liberdade formal e a vontade de agir sobre a representação do mundo pela linguagem, mais que os "modelos" de texto (ainda que *Nadja* continue a me encantar), que guardo do surrealismo. Breton aspirava a escrever livros que "botem as pessoas na rua". *Nadja* me botou na rua. Tudo isso, essa liberdade, essa busca está no fundo da minha escrita, ainda que eu não tenha nada em comum com o lirismo e a poesia surrealistas. Esta é uma oportunidade para salientar que aquilo que importa nos livros é o que eles provocam em você e fora de você.

Frédéric-Yves Jeannet

Sua posição política é intrigante; ao mesmo tempo clara, determinada, eclética e contida (assim como no mundo literário). Até onde sei (mas posso estar enganado, por morar longe), sua filiação a uma sensibilidade "de esquerda", talvez até de extrema esquerda, não resulta em um engajamento explícito, militante, ao estilo sartriano (abaixo-assinados etc.), ainda que essa sensibilidade para o que é político apareça implicitamente em seus livros. Inclusive, outro dia você me disse: "Tenho a impressão de que a escrita é aquilo que, no meu caso, na minha condição de trânsfuga, consigo fazer de melhor como ato político e como 'dom'". Assim como afirmei em relação à psicanálise, poderíamos dizer que a escrita é análoga ao engajamento, ela o substitui?

Annie Ernaux

Se falarmos em termos de *visibilidade* do engajamento político, de tomadas de posição avalizadas por artigos publicados no *Le Monde*, sua impressão talvez esteja correta. Mas você não é o único que sabe que estou mais para a extrema esquerda! Na verdade, apesar de nunca ter feito política dentro de um partido, apoiei e ainda apoio ações políticas assinando abaixo-assinados, participando de ações para a regularização de todos que estão ilegalmente no país, por exemplo, com apadrinhamento de imigrantes clandestinos. Nos anos 1970 aderi ao movimento Choisir, de Gisèle Halimi, depois ao Movimento pela Liberdade do Aborto e da Contracepção (Mouvement pour la liberté de l'avortement et de la contraception, MLAC), o que diz respeito às mulheres é obviamente político. No início deste ano, ao escrever um texto para o *Le Monde*, uma homenagem a Pierre Bourdieu, para mim o maior intelectual dos últimos cinquenta anos, e intelectual realmente engajado — quero dizer, não de um jeito midiático —, acredito que agi politicamente.

Sim, outro dia disse que escrever era o que eu conseguia fazer de melhor como ato político, considerando minha condição de trânsfuga de classe. Mas com isso eu não queria dizer que meus livros substituem o engajamento, nem mesmo que são a minha forma de engajamento. Escrever *é*, na minha opinião, uma atividade política, isto é, que pode contribuir com o desvelamento e a transformação do mundo, ou, ao contrário, reafirmar a ordem social, moral, existente. Sempre me surpreendeu a persistência, tanto entre os escritores e os críticos quanto entre o público, desta certeza: a literatura não tem nada a ver com a política, é uma atividade puramente estética que envolve a imaginação do escritor e que — por qual milagre, qual graça? — escaparia de qualquer determinação social, enquanto seu vizinho de porta seria classificado na classe média ou média alta.

"*Sempre* me surpreendeu", estou exagerando, pois também partilhei dessa crença durante meus anos de estudos literários e, quando comecei a escrever, aos vinte anos, tinha uma visão solipsista, antissocial, apolítica da escrita. É preciso dizer que, no início dos anos 1960, a ênfase recaía sobre o aspecto formal, a descoberta de novas técnicas romanescas. Escrever tinha para mim, portanto, um sentido de fazer algo belo, novo, oferecendo a mim e aos outros uma fruição superior à da vida, mas que não serviria rigorosamente para nada. E o belo se identificava com o "distante", bem distante do que havia sido o meu real, ele só podia nascer de situações inventadas, de sensações e sentimentos desconectados, isentos de um contexto concreto. Foi um período que depois chamei de período do "borrão de luz na parede", no qual o ideal consistia para mim em expressar, na totalidade de um romance, a sensação de contemplar um vestígio do sol na parede de um quarto ao entardecer. Com certeza não consegui alcançar isso, uma vez que esse primeiro texto

— que, aliás, eu tinha intitulado *Du Soleil à cinq heures* [Do sol às cinco horas] — ninguém quis publicar!

Não tive de repente, num momento determinado, uma revelação da função política da escrita, nem o desejo de escrever para fazer política da maneira como alguém decide se filiar a um partido ou ir a uma manifestação. Não; foi progressivamente, por caminhos difíceis, até dolorosos, no plano da vida e do conhecimento, que cheguei a essa certeza. Todas essas explicações podem parecer longas, mas, como você pôde notar, não consigo falar das coisas sem contar o processo para chegar a elas, tudo — os seres, eu, minhas ideias — é *história*, eu acho. Durante quatro anos, dos 23 aos 27, não escrevi. Através dos acontecimentos da minha vida — um aborto clandestino, o desarraigamento geográfico, a entrada no mundo do trabalho, as aulas em tempo integral, o nascimento dos filhos, a morte de um pai —, um confronto entre o real e a literatura revolveu minha visão, minha concepção da escrita. Resumindo, tomar consciência da realidade do funcionamento das classes sociais, de minha situação de trânsfuga, do papel alienante da cultura, da literatura no que me dizia respeito, modificou completamente meu desejo: eu não queria mais fazer alguma coisa a princípio bela, mas a princípio real, e a escrita era esse trabalho de exposição da realidade: a do meio popular da infância, da aculturação que é também a dilaceração com o mundo de origem, da sexualidade feminina. E, sem que eu tenha precisado dizer isso em voz alta nem sequer por um instante, era óbvio que minha iniciativa ao escrever *Les Armoires vides* me parecia de natureza tão política quanto literária, tanto no conteúdo quanto na escrita, muito violenta, com um vocabulário que transmitia as linguagens "não legítimas", uma sintaxe de tipo popular.

A cultura do mundo dominado

Annie Ernaux

Foi com *O lugar* que entendi a dimensão do aspecto político da escrita e a gravidade do que está em jogo nesse projeto: eu, narradora, oriunda do mundo dominado, mas pertencendo então ao mundo dominante, estava me propondo a escrever sobre meu pai e a cultura do mundo dominado. O grande perigo, me dei conta, era cair no miserabilismo ou no populismo — portanto, falhar completamente em mostrar a realidade, tanto objetiva quanto subjetiva, de meu pai e do mundo dominado. Também era me pôr ao lado daqueles que consideram esse mundo estrangeiro, exótico, o mundo "baixo" (como falam os políticos de direita atualmente no poder, sem pudor nem aspas). O perigo era trair duas vezes minha classe de origem: a primeira, que não era exatamente responsabilidade minha, pelo aculturamento escolar, e a segunda, conscientemente, ao me posicionar com a escrita e por meio dela no lado dominante. Barthes diz em algum lugar que escrever é escolher "a área social no seio da qual o escritor decide situar a Natureza de sua linguagem".*

* Roland Barthes, *O grau zero da escrita*. Trad. de Mário Laranjeira. São Paulo: Martins Fontes, 2004.

Foi essa escolha que percebi com clareza e que me levou à "escrita da distância", da qual você já falou e que pode ser definida também como a intrusão, a irrupção da visão dos dominados na literatura, com as ferramentas linguísticas dos dominadores, nomeadamente a sintaxe clássica que então adoto. Assim, o texto de *O lugar* transmite o ponto de vista de meu pai, mas também de toda uma classe social operária e camponesa por meio das palavras engastadas na trama da narrativa. Há também ali dentro um "apontamento" do papel hierarquizante da linguagem, ao qual geralmente não se presta atenção, pelo uso de aspas: "pessoas simples", "meio modesto" etc.

Em outros textos, como *Paixão simples*, *O acontecimento*, até mesmo *L'Occupation*, a escrita é política na medida em que se trata da pesquisa e da revelação rigorosa do que pertenceu à experiência real de uma mulher e, com isso, o olhar dos homens sobre as mulheres, das mulheres sobre si mesmas pode mudar. Há um aspecto fundamental, que tem muito a ver com a política e que torna a escrita mais ou menos "atuante": o *valor coletivo* do "eu" autobiográfico e das coisas que são contadas. Prefiro essa expressão, "valor coletivo", a "valor universal", pois não existe nada universal. O valor coletivo do "eu", do mundo do texto, é a superação da singularidade da experiência, dos limites da consciência individual, que são os nossos na vida, é a possibilidade de o leitor se apropriar do texto, de se fazer perguntas ou de se libertar. Isso naturalmente passa muito pela emoção da leitura, mas eu diria que há emoções mais políticas que outras...

Percebi que escrevi mais longamente sobre política do que sobre qualquer outro assunto, e ainda poderia continuar. Porque os diferentes aspectos do meu trabalho, da minha escrita, não podem ser despojados dessa dimensão política: quer se trate da recusa da ficção e da autoficção, ou da visão da escrita como busca do real, uma escrita que se situa, correndo o risco de me repetir, "entre a literatura, a sociologia e a história". Ou ainda, o desejo de perturbar as hierarquias literárias e sociais, escrevendo de maneira idêntica a respeito de "objetos" considerados não dignos de literatura — por exemplo, os supermercados, o trem, o aborto — e outros, mais "nobres", como os mecanismos da memória, a sensação do tempo etc., e associando-os entre si. Acima de tudo, a certeza de que a literatura, quando é conhecimento, quando vai até o fim em uma pesquisa, é libertadora.

Frédéric-Yves Jeannet
É assim que entendo, fora de qualquer contexto religioso, a exortação de Jesus Cristo aos fariseus: "A verdade vos libertará".

O conhecimento e a explicação do mundo

Frédéric-Yves Jeannet

Você é uma leitora extremamente atenta, precisa, e acho sua compreensão dos textos, seus e dos outros, muito esclarecedora. Além dos surrealistas e dos escritores do *nouveau roman* que você cita, quais foram os autores antigos que a levaram a forjar essa escrita precisa, "cortante", como você diz, que caracteriza sua busca da verdade? Montaigne, talvez? Rousseau?

Annie Ernaux

Gostaria de começar pelo início, por aquilo que por muito tempo foi a leitura para mim, na infância e na adolescência, e até depois, e que aos poucos deixou de ser quando eu mesma me pus a escrever. A leitura foi outra vida na qual eu passava horas inteiras, fora do livro, sendo alternadamente Oliver Twist, Scarlett O'Hara, todas as heroínas dos folhetins que lia. Depois, foi conhecimento e explicação do mundo, do eu. Ano passado, ao reler *Jane Eyre*, que não lia desde os meus doze anos e que havia lido numa edição resumida, tive a impressão inquietante de "reler a mim mesma", menos de reler uma história e mais de reencontrar algo que tinha sido posto em mim por essa voz do livro, pelo "eu" da narradora, algo que me constituiu. Pensei o mundo através do texto completo de *Jane Eyre*, quando até então tinha certeza de ter sido cativada e tocada apenas pela história de Jane quando criança, na pensão do infame Blackhurst. É profunda, creio, a marca desses livros no meu imaginário, obviamente na minha aquisição da linguagem escrita, nos meus desejos, meus valores, minha sexualidade. Busquei realmente tudo na leitura. E depois a escrita assumiu essa função, preenchendo minha vida, tornando-se o lugar de busca da realidade que, antigamente, eu situava nos livros.

Li muito, sem distinção, Delly, Élisabeth Barbier e suas *Gens de Mogador* [Pessoas de Mogador], Cronin, Daniel Gray — ao lado de *O morro dos ventos uivantes*, *As flores do mal*. Quanto a isso, uma coisa que me surpreende é que os textos cuja beleza e força eu reconheceria mais tarde não foram os únicos a desempenhar um papel na formação do meu ser, na minha imaginação adolescente. Talvez — a não ser quando havia uma perturbação, como com *A náusea*, *As vinhas da ira* — nem tenham influenciado tanto quanto os romances que hoje acho impossíveis de ler, a menos que se leia sem os levar a sério, e de que não tenho qualquer lembrança. É o recalque da leitura. Além disso, eu lia em um contexto que por muito tempo foi de escassez, livros caros, escola particular religiosa exercendo um controle espantoso sobre a leitura, o qual menciono em *A vergonha*, biblioteca municipal com um atendimento arrogante. Por isso lia tudo que me caía nas mãos, com um apetite difícil de imaginar hoje, com uma cobiça multiplicada pela proibição (*La Maison Tellier* [A casa Tellier], *Uma vida*, de Maupassant, que minha mãe estava lendo quando eu tinha doze anos). Sobretudo pela dificuldade de ter acesso aos livros. Assim, me lembro de ter lido aos quinze anos *O pai Goriot* e *O corcunda de Notre-Dame* na coleção dos clássicos Hatier, por não conseguir encontrar uma edição completa. Essa leitura "esburacada", de textos ao mesmo tempo públicos e escondidos, me deixava feliz e insatisfeita. Quando vi, nesse mesmo pequeno volume d'*O pai Goriot*, uma lista com as obras de Balzac em que constava *Em busca do absoluto*, tive uma vontade louca de ler esse livro: ele não existia na edição de clássicos... Eu leria *Em busca do absoluto* apenas aos vinte anos, quando já estava na faculdade, e ficaria aliás bem decepcionada em relação à minha antiga expectativa.

É claro que eu não me interessava pela escrita em si. Não dissociei de modo algum o conteúdo da forma até começar meus estudos literários. Em determinado momento, gostava tanto de Sartre quanto de Steinbeck, Flaubert. Depois Breton, Virginia Woolf, Perec. E tenho a impressão de que, ainda hoje, é menos o tipo de escrita que me interessa, que me marca, e mais o projeto que ela quer realizar, que se realiza através dela. Se o projeto me é estranho, nada acontece, como o de Gracq, que não me toca, e o de Duras, em menor medida.

Frédéric-Yves Jeannet
Para você, a leitura é extensão ou motor da escrita (ou vice-versa)?

Annie Ernaux
Meu primeiro reflexo foi responder "não". Depois, pensando um pouco, acrescentaria "hoje não mais". Porque a leitura teve um papel iniciático muito forte em um período da minha vida, precisamente entre os vinte e os 23 anos, quando comecei a considerar escrever, comecei a escrever e escrevi um texto esquisito, de que já falei, que foi recusado pela editora Seuil. Aos vinte anos, decidi estudar letras para continuar "na literatura" de qualquer maneira, conhecê-la, dar aulas de literatura profissionalmente e praticá-la por conta própria. Vêm daí dois tipos de leituras: as

que são necessárias para passar nas provas — mas me dediquei a elas mais que o necessário, nomeadamente com Flaubert — e a produção contemporânea. Passei a assinar a revista *Les Lettres françaises*, peguei emprestados na biblioteca de Yvetot, onde agora ousava entrar, *Les Gommes* [As borrachas], *Une Curieuse Solitude* [Uma solidão curiosa], de Sollers, Lawrence Durrell, que estavam muito na moda etc. Em retrospecto, percebo o quanto mergulhei — como nenhum estudante que eu conhecia — naquilo que, na época, parecia ser um outro mundo, definitivamente superior, o mundo das essências, ao qual eu também queria ter acesso escrevendo (mesmo que eu ainda não tivesse lido Proust — mas tinha lido todo Flaubert e sua *Correspondência*).

Em seguida, um grande branco, uma suspensão tanto da leitura quanto da escrita; passei a dar aulas de francês, do sexto ano ao colegial técnico, não tinha muito tempo de ler "para mim mesma", isto é, de descobrir nem autores contemporâneos nem aqueles mais antigos que não li e não usaria em sala. Meu desejo de escrever permanecia, mas distante. Ele retornou com força, e com um conteúdo, na morte de meu pai, já falamos de tudo isso. Irei realizá-lo em 1972-3 depois de diferentes crises, tomadas de consciência, que não têm nenhuma relação com a literatura. No início de 1972, eu estava num momento da vida em que meu projeto de escrita tinha se tornado uma questão de sobrevivência, algo a ser feito a qualquer custo. Com a consciência orgulhosa de que ele nunca tinha sido realizado antes de mim. Porque eu nunca tinha visto ser contado, da maneira como eu sentia, aquilo que eu tinha a dizer — para resumir, a passagem do mundo dominado ao mundo dominante por meio dos estudos. E um livro me autorizava, de certa forma, a fazer esse desvelamento. Um livro me estimulava, como nenhum texto dito literário havia feito, a ter a ousadia de encarar essa "história"; esse livro era *Os herdeiros*, de Bourdieu e Passeron, que descobrira na primavera.

Lembro que um dia, percorrendo os livros de bolso de uma livraria em Annecy, onde morava, para abastecer a biblioteca do colégio, senti culpa por não realizar meu projeto, a meu ver mais necessário que certos romances que eu estava folheando. Se você não acredita nisso, aliás, não vale a pena escrever. Comecei *Les Armoires vides* no mesmo ano.

Depois da publicação desse livro, vendo a mim mesma com uma projeção pública — ainda que de forma limitada e longe de Paris — como aquela "que escrevia", considerando continuar a escrever, me pus a ler muito, como se precisasse estabelecer uma espécie de diálogo com os escritores de um passado recente e os contemporâneos, e talvez também me localizar, pois eu não tinha nenhuma ideia do que era esse meu livro. Assim, li a obra completa de Céline, da qual eu conhecia apenas *Viagem [ao fim da noite]*, porque haviam comparado minha escrita com a dele. Descobri Malcolm Lowry, Salinger, Carson McCullers, de quem li tudo avidamente. E, quanto aos romancistas franceses mais contemporâneos, me lembro por exemplo de ter começado a ler Roger Grenier, Inès Cagnati — com seus lindos textos que não tiveram o público que mereciam, como *Génie la folle* [Génie, a louca] —, Jacques Borel... Meu jeito de ler mudou muito e se tornou mais crítico, quase técnico. Tenho uma anotação sobre esse assunto, a respeito de Proust e da *Recherche [du temps perdu]* — mas não sei mais quando a escrevi, digamos que entre 1978 e 1982 —, em que observo que tinha lido a *Recherche* quinze anos antes de maneira afetiva, puramente sensível, sem tentar pensar em como "tinha sido feito", sendo que agora eu era muito mais sensível à arquitetura, por exemplo.

Frédéric-Yves Jeannet
Me parece que você está próxima do surrealismo e de Breton (você citou *Nadja*, poderíamos acrescentar *O amor louco*) pela

sua "rejeição" ao romance, ou pelo abandono dele, mas também está muito distante por sua escrita à faca, mineral, sem derramamento nem metáforas. (Em 1984, você escreveu: "Ao escrever, evitar me deixar levar pela emoção", frase que define bem seu projeto.) Na margem do surrealismo poderíamos pegar também o exemplo de Leiris, que você citou, cujo projeto talvez seja próximo do seu, mas a escrita, distante, uma vez que a obra dele é atravessada por meditações oníricas, longe da descrição clínica de si no mundo.

Annie Ernaux

Acho difícil destrinchar as influências muito específicas dos escritores, ao menos no nível da frase, no que chamamos de estilo, de modo geral. Também seria muito importante saber *contra* quem, contra qual forma de literatura se escreve. Isso é uma coisa que importou muito, e por muito tempo, para mim. E que ainda deve importar. Por outro lado, estou convencida de que a sintaxe, o ritmo, a escolha das palavras refletem algo muito profundo, em que se combinam as marcas de múltiplos aprendizados (textos clássicos estudados por muitos anos na escola, descobertas sucessivas, pessoais, de autores) e aquilo que não pertence à literatura, que está relacionado à história de quem escreve. No que me diz respeito, sinto que a violência em primeiro lugar, apresentada nos primeiros livros e depois contida, comprimida ao extremo, vem da minha infância. Sei que em mim persiste uma língua com um código restrito, concreto, a língua original, cuja força tento recriar através da língua elaborada que adquiri. Meu imaginário das palavras, como disse, são a pedra e a faca.

Todavia há projetos que me estimularam naquilo que busco fazer, projetos diversos, o dos surrealistas, de Leiris, de Simone de Beauvoir, de Perec. Entre os contemporâneos, o de Pascal

Quignard, Jacques Roubaud, Serge Doubrovsky, Ferdinando Camon na Itália, entre outros. No passado, Jean-Jacques Rousseau (citando-o mais uma vez, não consigo deixar de dizer quão admirável acho a escrita propriamente dita de *Os devaneios do caminhante solitário* e de várias passagens das *Confissões*, sua transparência infinita).

Frédéric-Yves Jeannet
Você já teve vontade de escrever ensaios críticos sobre os autores que a acompanham?

Annie Ernaux
Em 1977 eu entrei no Centro Nacional de Ensino à Distância e fui encarregada da redação das aulas e da correção de provas de literatura dos estudantes que prestariam os exames de DEUG e depois de Capes.* Esse trabalho, que realizei até o ano 2000, me obrigava a abordar os textos dos escritores de uma maneira rigorosa, a escrever sobre eles de modo impessoal. Foi ao mesmo tempo difícil e apaixonante. Difícil porque não se tratava de produzir um discurso impressionista, afetivo. Se nutrisse alguma admiração por um ou outro escritor — estou pensando em Rousseau, Proust —, por determinados textos — como *Nadja*, de Breton, sobre o qual tive de escrever —, eu só podia expressá-la por meio da análise e de um investimento intelectual alimentado por uma metodologia crítica. Apaixonante porque, nesse trabalho, eu obviamente não deixava de ser alguém que escreve, que dialoga com os textos e as críticas

* O Diplôme d'études universitaires générales (DEUG), extinto na reforma educacional de 2006, era um certificado destinado aos alunos que concluíram apenas uma parte da graduação. O Certificat d'aptitude au professorat de l'enseignement du second degré (Capes), já mencionado, é direcionado a professores do ensino médio, semelhante à licenciatura. (N.T.)

sem nem sequer pensar sobre isso. Não me refiro à crítica de divulgação, subjetiva, dos jornais, mas à crítica que busca entender como e por que uma obra é o que é, por exemplo Blanchot, Barthes, Goldmann, Starobinski, Butor, que não é apenas um romancista importante etc. Todas as teorias literárias me interessaram, seja a de Jauss sobre a recepção, seja a de Genette. Nunca tive a sensação de que esse conhecimento retirava qualquer coisa da obra, ou "drenava" meu gosto pelo texto, e por isso ganhei, em minha escrita, uma forma de liberdade, de distanciamento em relação aos discursos costumeiros sobre o que é ou não é a literatura, essa espécie de terrorismo exercido por determinados ensaios, como *A arte do romance*, de Kundera, ou outros, propondo uma visão fanática da literatura. Mas, consequentemente, eu não tinha mais tempo nem vontade de escrever de maneira livre, eu diria que pessoal, sobre os escritores. Acho que só fiz isso três vezes, acerca de Valery Larbaud, de Pavese — na revista *Roman*, hoje não mais publicada — e sobre Paul Nizan, na *Europe*. Em relação a estes dois últimos, tenho por eles um sentimento de proximidade, até fraternidade. Gostaria que todo mundo tivesse lido *Aden, Arabie* [Áden, Arábia], *Les Chiens de garde* [Os cães de guarda], de Nizan e *Le Bel Été* [O belo verão] e o *Journal* [Diário], de Pavese.

Frédéric-Yves Jeannet
Você pensa em reunir em uma coletânea esses textos publicados em periódicos? Ou em escrever ensaios sobre outros temas, como fez por exemplo Michel Butor?

Annie Ernaux
Ah, não! Não tenho vontade de fazer uma "compilação" dos meus textos publicados aqui e ali... E realmente não gosto de ensaio, literário ou não. Só consigo concebê-los com uma forma

muito profunda, rigorosa, como fazia Butor em seus *Répertoires* [Repertórios], ou Blanchot, mas nesse caso se trata de uma tal imersão que não se diferencia muito, do ponto de vista do envolvimento literário, daquilo que chamamos de ficção no sentido mais abrangente, incluindo a autobiografia. Acho que não tenho essa generosidade, que outras pessoas fazem isso melhor do que teria capacidade de fazer.

Dito isso, às vezes escrevo, espontaneamente, sobre um livro que acabei de ler, um escritor. Só para mim, por prazer, dúvida, raiva.

✷

Frédéric-Yves Jeannet
Entendo o distanciamento que você sente em relação ao projeto de Gracq (que eu mesmo adoro, mas que cria e parece habitar em outro mundo, talvez no século 19, e não no 20 ou no 21, ao menos em seus romances), mas eu adoraria que você me explicasse o que lhe é estrangeiro no projeto de Duras: é a estranheza da escrita, da sintaxe, da personalidade dela ou do próprio projeto? À primeira vista, de fato, poderia se pensar que, apesar de todas as diferenças entre os projetos de vocês, existem algumas afinidades: como você, ela "ousou" falar de sua infância, de sua sexualidade, de seus amantes, e tomar a vida como material dos próprios livros...

Annie Ernaux
Sempre soube que não escreveria como Duras, e confesso estar um pouco surpresa que você enxergue afinidades entre mim e ela. Cá entre nós, será que, sem perceber, você não obedeceu a essa tendência inconsciente, generalizada, de comparar espontaneamente, e em primeiro lugar, uma mulher escritora

com outras mulheres escritoras? Pensando em uma simetria, é muito menos comum comparar um homem escritor a uma mulher escritora... Marguerite Duras ficcionaliza a vida dela; eu, ao contrário, me esforço para recusar qualquer ficção. Na obra dela, o tratamento do espaço e do tempo é, mais que tudo, poético, e sua escrita está no domínio da poesia por meio do encantamento, da repetição, da efusividade. No ritmo, na linguagem, nossas escritas são extremamente diferentes. Talvez o que mais nos distinga seja a ausência de historicidade e de realismo social nos textos dela. Dito isso, gosto muito de *Un Barrage contre le Pacifique* [Barragem contra o Pacífico]. E também de *A dor*, *O homem sentado no corredor*, *L'Après-Midi de monsieur Andesmas* [A tarde do sr. Andesmas].

Frédéric-Yves Jeannet
Sim, é verdade que Duras é irregular e está no extremo oposto da historicidade. Mas, como Gracq, ela me parece se situar "na literatura", "na escrita". Para mim, há uma única diferença, difícil de explicar, entre os autores que adoro e aqueles que não consigo ler: aquilo que separa "a literatura", por mais indefinível que ela seja, de todo o resto. E talvez seja no nível da frase, do estilo, tanto quanto no do projeto, que intuitivamente localizo essa distinção. Mas constato a exigência específica que caracteriza sua pesquisa quando você me diz que é menos o tipo de escrita e mais "o projeto que ela quer realizar, que se realiza através dela" que importa a você. Entendo melhor, em função disso que você diz agora, sua abordagem.

Annie Ernaux
É realmente difícil separar o projeto de uma obra e sua escrita, seja de Proust, de Leiris e dos surrealistas, por exemplo. Mas, tão intuitivamente quanto você, sei que o pano de fundo de uma

obra, seu objetivo, o tipo de pesquisa ao qual ela se inclina — e isso tem muito a ver com a vida — são para mim mais fundamentais que o estilo. Há passagens esplêndidas sobre o tempo em *Mémoires d'outre-tombe* [Memórias d'além-túmulo], mas a abordagem de Chateaubriand — sua maneira de dar forma à própria imagem e existência — não me diz nada, ao passo que a abordagem de Stendhal em *Vie de Henry Brulard* [Vida de Henry Brulard] me toca muito. Em Proust, existe um preciosismo de que não gosto — me refiro à descrição dos espinheiros, no limite do sentimentalismo —, mas seu projeto, a arquitetura da *Recherche* me fascinam. Às vezes a escrita de Nathalie Sarraute me cansa um pouco, o que não impede que a obra dela, guiada por um desejo de desvelar as questões da vida social no meio da "subconversa", de perseguir os pensamentos e os movimentos mais discretos da nossa relação com os outros, me pareça fundamental. No movimento surrealista, o que adorei foi a subversão total que está no cerne dos textos de primeira hora, *Le Libertinage* [A libertinagem], de Aragon, de filmes como *A idade do ouro*. De Breton, o que guardo na memória especificamente é a busca que perpassa seus escritos, inscrita no início de *Nadja*: descobrir "o que vim fazer neste mundo, e qual é a mensagem ímpar de que sou portador".* Guardo também um misto constante de sensibilidade e reflexão, a intransigência, o aspecto intratável de Breton. Em Leiris, de novo a busca, que se efetua por meio da linguagem, de frases e palavras que vêm da infância, como para mim, com a diferença de que as palavras que me ocorrem são quase sempre as dos outros, me dão acesso a algo de social e histórico, o que me permite decifrar uma realidade do passado, por exemplo as frases de minha mãe em *Une Femme*.

* André Breton, *Nadja*. Trad. de Ivo Barroso. São Paulo: Cosac Naify, 2007, p. 13.

Frédéric-Yves Jeannet
Uma pergunta secundária, ou talvez importante, uma vez que você citou *Les Gommes*, de Robbe-Grillet, e, em outro lugar, *L'Emploi du temps*, de Butor: qual é a sua relação com o último "movimento literário" importante do século 20, o *nouveau roman*?

Annie Ernaux
Descobri o *nouveau roman* antes do surrealismo, quando fui *au pair* na Inglaterra e lia a literatura contemporânea francesa pegando livros emprestados na biblioteca de Finchley, em vez de praticar meu inglês. Por dois anos fiquei permanentemente interessada pelo movimento e, quando me pus a escrever um romance, em outubro de 1962, era nessa corrente que queria me situar, com muita clareza. Para mim, isso significa me filiar a uma pesquisa, a literatura como pesquisa, o colapso da ficção antiga. Me vem à lembrança uma discussão dura com minha amiga M., numa praia da Costa Brava, no verão de 1962, em que insisto em provar para ela que o romance de Mauriac que ela está lendo — *Le Désert de l'amour* [O deserto do amor] — está associado a uma tradição de pouca importância, e comparo a estrutura de *Mrs. Dalloway*, de Virginia Woolf, em minha opinião precursora do *nouveau roman*, com a de *A modificação*.

Dessa convivência, e depois da leitura de Claude Simon, Robbe-Grillet, Sarraute, Pinget, em torno de 1970-1, me restou a certeza — vastamente compartilhada, um clichê desde então — de que depois deles não se pode escrever como antes e de que a escrita é pesquisa, e pesquisa de uma forma, não reprodução. Portanto, não é também reprodução do *nouveau roman*...

Minha história é a de uma mulher

Frédéric-Yves Jeannet
A palavra "mulher" aparece em dois títulos seus, de livros muito diferentes. Nathalie Sarraute me escreveu um dia dizendo que lamentava que eu tivesse apresentado um trabalho sobre ela em um congresso sobre "a escrita feminina", pois ela se definia como escritora no sentido amplo e, nesse sentido, assexuada. No seu caso, você se considera antes de tudo uma escritora mulher ("écrivaine", como dizem mais corretamente os quebequenses) ou preferiria ser "escritor" (écrivain), sem gênero?

Annie Ernaux
Como Nathalie Sarraute, não gosto de aparecer sob a rubrica de "escrita feminina". Não existe na literatura uma categoria intitulada "escrita masculina", isto é, associada ao sexo biológico ou ao gênero masculino. Falar de escrita feminina é tornar, na prática, a diferenciação sexual — e apenas para as mulheres — uma característica fundamental tanto da criação quanto da recepção: uma literatura de mulheres para mulheres. Existe uma literatura assim, ela grassa nas revistas femininas, nos romances da coleção Harlequin (que nem sempre são escritos por

mulheres, aliás!), e se alimenta de estereótipos. Seu equivalente masculino, mas que ninguém chama de "literatura masculina", poderiam ser a série SAS e outras de romances policiais e de espionagem.*

Dito isso, estou convencida de que somos produto da nossa história e de que ela está presente na escrita. Assim, o mito familiar, o ambiente de origem, as influências culturais e, obviamente, a condição ligada ao sexo são relevantes. Minha história é a de uma mulher, por qual milagre ela se desvaneceria diante da minha mesa, deixando apenas um escritor puro (conceito esquisito, aliás, pois acredito que quando se escreve o que está em ação são coisas muito obscuras e complexas)? Recentemente, quando li as cartas que você e Michel Butor trocaram durante onze anos,** tive a sensação — que mencionei a você — de ler uma correspondência entre escritores homens. Por causa de uma maneira masculina, difícil de definir, de viver e praticar a escrita, que transparecia nessas cartas. Alguma coisa relacionada à *antigravidade*. Vocês estão em uma história diferente daquela das mulheres que escrevem. Minha história de mulher não é consciente em mim, a não ser quando se torna objeto da pesquisa, como em *La Femme gelée* e *O acontecimento*. A intencionalidade deste último texto está presente no título: muito mais que dar um depoimento, deslindar uma experiência irremediavelmente feminina, o aborto, eu quis atribuir a ela toda a dimensão que ela tem de definir o tempo, o social, o sagrado, seu aspecto iniciático. Quis também fazer dela uma ex-

* SAS, abreviação de "Son Altesse Sérénissime" [Sua Alteza Sereníssima], é o título de uma série best-seller de romances policiais e alcunha de seu protagonista, Malko Linge, criados pelo escritor francês Gérard de Villiers (1929-2013). De Villiers escreveu mais de duzentos volumes sobre as aventuras de SAS, um príncipe austríaco que trabalha como freelancer para a CIA. (N.T.)

** *De la Distance* [Sobre a distância]. Bordeaux: Le Castor Astral, 2000.

periência de memória e escrita; cerca de um terço do texto se dedica ao trabalho da memória, à sua relação com a escrita. Fazer com que um acontecimento feminino, o aborto, não esteja mais associado à falta de dignidade. Não se pode afirmar que eu tenha sido bem-sucedida! Ainda assim, o desconforto que esse livro provocou foi sinal de que incomodou.

Frédéric-Yves Jeannet
Isso é um bom sinal! Quanto a mim — e, curiosamente, acabo de perceber —, li o texto como um relato não de uma experiência "irremediavelmente feminina", mas de uma história propriamente humana, que pode, nesse sentido, ser comparada à minha vivência, ainda que eu não tenha um corpo de mulher e, portanto, só possa saber indiretamente, pelo relato de uma mulher, o que ela sente fisiologicamente no amor, na doença, na gravidez etc. Li seu livro, portanto, como a exploração de uma experiência universal — quero dizer, que pode ser transposta, generalizada, assim como pode ser transposta a evocação de um lugar e de uma época estrangeiros, de Xenofonte ou Yourcenar, por exemplo, que neste momento estou começando a ler. Não senti o menor "desconforto", a menor sensação de ser excluído ou de estar invadindo, penetrando assim na "intimidade" de uma mulher. Talvez isso também se deva ao fato de ser uma experiência de escrita, de memória, que se mostra como tal, com toda a pesquisa "arqueológica" subjacente, ou quiçá paralela, e o exercício de reconstrução de uma época ainda próxima, mas já tão diferente da nossa: os anos 1960. Qual é o lugar do feminismo — uma experiência sem equivalentes masculinos — no que você viveu?

Annie Ernaux
A princípio o feminismo não era um conceito para mim, mas um corpo, uma voz, um discurso, uma maneira de viver desde

que vim ao mundo: tudo que vinha de minha mãe. Contei tudo isso em *La Femme gelée*; a liberdade de ler tanto quanto e tudo que eu quisesse, a ausência completa de tarefas chamadas femininas, a falta de conhecimento em costura, na cozinha etc., a importância dada aos estudos e à independência material para uma mulher. Violência da minha mãe, ternura do meu pai: os estereótipos de masculino e feminino eram desmantelados na minha experiência de mundo. Mas eles eram os mais fortes, como descobri assim que comecei a sair com os rapazes, assim que conheci o que era "o continente negro" para mim, para mencionar a expressão de Freud — não tive irmão —, e posso afirmar com convicção que somar minha origem social de dominada com a condição imposta às meninas foi um fardo pesado, passei perto do desastre. Conheci Beauvoir — quero dizer, não pessoalmente, pois nunca a vi nem falei com ela, apenas trocamos duas cartas na época da publicação dos meus primeiros livros —, conheci Beauvoir em *O segundo sexo*, quando tinha dezoito anos. Lembro-me dessa experiência de leitura, em um abril chuvoso, como uma revelação. Tudo aquilo que eu tinha vivido nos anos anteriores na opacidade, no sofrimento, no mal-estar, de repente se esclareceu. Acho que vem daí minha certeza de que, se tomar consciência das coisas não resolve nada por si só, esse é o primeiro passo para a libertação, a ação. (Uma das frases de Proust que muitas vezes me ocorre é: "No ponto em que a vida nos enclausura, a inteligência encontra uma saída".)* Recentemente entendi a influência desse livro de Beauvoir. Ao folheá-lo, sem tê-lo relido desde as aulas de filosofia, deparei com uma passagem que diz "as lésbicas escolhem a facilidade". Pois eu escrevi literalmente essa mesma frase —

* Marcel Proust, *Em busca do tempo recuperado*. Trad. de Fernando Py. Rio de Janeiro: Ediouro, 1995. (N.E.)

que reconheço estar errada — em meu diário de 1989, sem imaginar por nem um instante sequer que ela tinha vindo de Beauvoir e de uma leitura de trinta anos antes.

Nesse sentido, o modelo materno e o texto beauvoiriano se somaram, enraizando em mim um feminismo vibrante, que não se configurava como conceito, eu diria, mas que foi reforçado pelas condições do meu aborto clandestino. Minha dissertação de *maîtrise*, em 1964, tratou da mulher no surrealismo, e, para os textos a serem analisados, escolhi *Uma vida*, de Maupassant (a vida de Jeanne Lamare, a maior desolação que existe) e *As ondas*, de Virginia Woolf, que eu adorava e admirava profundamente. Um dos meus projetos de escrita, no verão de 1966, foi descrever "uma existência de mulher" (algo que tinha esquecido e que reencontrei no meu diário há pouco tempo).

Como já disse, minha militância na associação Choisir foi espontânea, depois no MLAC, de 1972 a 1975, mas, vivendo no interior, longe de Paris, recusando o discurso feminista essencialista, acabei ficando distante de grupos como o *Mouvement de libération des femmes* (MLF) [Movimento de Libertação das Mulheres]. Não me identifiquei nem um pouco com o panfleto de Annie Leclerc, *Parole de femme* [Palavra de mulher], nem, mais amplamente, com certo lirismo literário que exalta o feminino e me parece equivaler ao populismo, que celebra o povo.

Percebo que estou me alongando sobre esse assunto e ainda teria muito a dizer. Por exemplo a linguagem concreta, factual, "as palavras como coisas", uma certa violência da minha escrita — cujas raízes estão no mundo social dominado — caminham no sentido do feminismo. Assim, *Paixão simples* poderia ser considerado um antirromance sentimental. Em certo sentido, a soma das duas situações — a deserção social de trânsfuga e o fato de ser mulher — me confere agora a força, a audácia, eu diria, diante de uma sociedade, de uma crítica literária que sempre "vigia" o que as mulheres fazem e escrevem. Observe que ainda e sempre as escritoras são definidas por seu sexo e como um grupo: "As mulheres, hoje, ousam escrever sobre sexo"; "Há mais mulheres que homens escrevendo" (o que é mentira) etc. Não se lê, não se ouve dizer: "Os homens receberam todos os principais prêmios da temporada" (o que acontece). Dentro do mundo literário, assim como em todos os lugares, existe uma luta entre os sexos, e vejo a ênfase em uma "escrita feminina" ou na audácia da escrita das mulheres como mais uma estratégia inconsciente dos homens diante do acesso de cada vez mais mulheres à literatura, para afastá-las dela, permanecendo assim os detentores da "literatura", sem adjetivo.

Frédéric-Yves Jeannet
O "desconforto" que alguns homens sentem ao ler sua obra é parte de seu projeto? Quero dizer, você busca provocar esse desconforto ou, ao contrário, ele a incomoda? Ao exercer sua liberdade de falar dos homens como eles falam das mulheres, inclusive eroticamente (mas, com mais frequência, clinicamente), você acredita que está promovendo uma evolução das mentalidades?

Annie Ernaux
Não entendo de onde vem esse desconforto que você menciona. Se existe, não busco provocá-lo, simplesmente porque não escrevo pensando nos homens ou nas mulheres, mas na "coisa" que quero apreender por meio da escrita. Dito isso, esse incômodo não me surpreende, uma vez que todos nós estamos presos a esquemas de pensamento, imaginários constituídos cultural e historicamente que atribuem papéis e linguagens diferentes a homens e mulheres. Ainda que eu não busque provocar tal reação, ela não me desagrada, é sinal de uma

perturbação necessária, na minha opinião: há quantos séculos as mulheres consideram legítimas as representações que uma literatura majoritariamente masculina faz dos homens e das mulheres, do mundo? Os homens, por sua vez, precisam fazer esse esforço de admitir que as representações de uma literatura feita pelas mulheres são tão "universais" quanto as deles, o que certamente vai levar tempo... Pois vários romances masculinos atuais não veiculam mais estereótipos sobre as mulheres, que se tornaram óbvios demais, e sim uma afirmação tranquila do poder e da liberdade dos homens, de sua competência — e apenas deles — para afirmar o que é universal. As formas mais explícitas desse falocentrismo — estou pensando em Michel Houellebecq — não são necessariamente as piores; há algumas bem agradáveis que não são percebidas, de tão imiscuídas que estão nas maneiras mais enraizadas, resistentes, de pensar e de sentir das pessoas, incluindo as mulheres. É por isso que algumas leitoras se dizem desconfortáveis com o "impudor" ou a "ausência de emoção" dos meus livros, críticas que elas nem sonham em dirigir aos textos dos homens.

Uma obscenidade dupla

Frédéric-Yves Jeannet
Neste momento, você tem sido vilipendiada por alguns jornalistas (majoritariamente homens). Como você reage a esse "julgamento de intenção", a esses ultrajes e a essa espécie de "caça à bruxa"? Você acha que toca em tabus em seus livros mais recentes? Em seu ponto de vista, existe transgressão, e do quê?

Annie Ernaux
É verdade que, primeiro insidiosamente, na época da publicação de *O lugar*, depois abertamente, com *Paixão simples*, críticos em sua maioria parisienses e homens, ocupando posições de poder na imprensa, se enfureceram com o que escrevo. Com o conteúdo e a forma. Sou criticada por uma obscenidade dupla, social e sexual. Social porque, em livros como *O lugar*, *Une Femme*, *A vergonha*, mas também *Journal du dehors*, transformo em material de escrita a desigualdade de condições, de cultura, evitando o populismo, que seria tão reconfortante, aceitável... Sexual porque, em *Paixão simples*, que foi um barril de pólvora, descrevi tranquila e minuciosamente a paixão de uma mulher madura — vivida no registro adolescente e do "romance", mas também muito físico —

sem as marcas afetivas, a lamentação, sem esse "romanceamento" que justamente se espera daquilo que é escrito por mulheres. Ainda por cima, uma transgressão de gênero: trata-se de um relato autobiográfico, mas que se debruça sobre um período muito curto, redigido de maneira clínica. Fui chamada de "mocinha"; meu livro, de "água com açúcar, à altura do folhetim *Nous Deux*", o que é bastante revelador: trata-se aqui de uma estigmatização dupla, me mandam de volta para a classe e a literatura populares e, ao mesmo tempo, para onde eu pertenço em termos sexuais. (A propósito, repare que tais frases foram ditas por pessoas que se dizem de esquerda e que, assim, revelam seu secreto desprezo de classe.) Acho que um pequeno número de críticos não me perdoa por isso, pela minha maneira de escrever sobre o social e o sexual, por não respeitar uma espécie de decoro intelectual, artístico, ao misturar a linguagem do corpo e a reflexão sobre a escrita, ao ter interesse tanto pelos hipermercados e pelo trem quanto pela biblioteca da Sorbonne. Isso os agride...

Os ataques se tornam cada vez mais sexistas, o que é muito corriqueiro na sociedade francesa. Nunca leremos a respeito de um livro escrito por um homem o que às vezes leio sobre livros escritos por mulheres, sobre os meus. Do mesmo modo, na imprensa não se chama um escritor do sexo masculino apenas por seu primeiro nome, como frequentemente fazem em relação a mim.

Frédéric-Yves Jeannet
Ainda que saibamos que a recepção da imprensa é com frequência apenas um fenômeno colateral e sem importância e, mais que isso, que obras inovadoras sempre provocam grande resistência, não se sai ileso de certos aviltamentos. Este é o preço a pagar por propor e realizar essas "explorações" a que você se dedica? Você é sensível a isso, se sente afetada, ou, pelo contrário, isso a incentiva a prosseguir nesse caminho, a cavar mais fundo?

Annie Ernaux
Há muito tempo me tornei indiferente aos aviltamentos, até mesmo na hora em que tomo conhecimento deles. Lembro-me de ter sofrido ao ler uma frasezinha de desprezo e condescendência no *Libération*, a respeito de *O lugar*, dezoito anos atrás. Isso seria impossível hoje. Preciso dizer que ser desdenhada ou insultada por determinadas instâncias do mundo literário da imprensa me soa lógico e me estimula completamente a ir em frente em minha proposta de escrita. Essas instâncias estão sempre muito mais dispostas a incensar um livro se ele não incomodar — a menos que, naturalmente, seu autor faça parte desse mundo e demonstre constantemente pertencer a ele (escrevendo nas revistas, fazendo parte de júris etc.). Mas talvez eu estivesse mais vulnerável, quem sabe aferrada num isolamento orgulhoso, se o que escrevo não encontrasse eco nem interesse em leitores muito diferentes em termos de cultura, em esferas extremamente variadas. De verdade, seria um insulto a todos aqueles que me leem, a todos os professores que trabalham com meus textos, aos estudantes que fazem deles seu objeto de pesquisa, me fazer passar por marginal e incompreendida. E tantas pessoas me falaram, me escreveram, sobre a importância de algum livro meu em sua vida, a sensação de não estarem mais sozinhas depois da leitura... Não consigo me alongar sobre isso — é algo tão forte, tão perturbador, também tão secreto. Sabe, quando alguém me diz: "Você escreveu o que eu pensava"; ou: "Esse livro é a minha história", essa é, de todas as gratificações da escrita, a mais forte para mim.

Quanto ao perigo, sim, sempre quis escrever perigosamente, e a publicação faz parte disso. Mas confesso que se trata de colocar-se em um perigo bem leve em relação a outros, chega a ser um luxo.

Escrever sua vida, viver sua escrita

Frédéric-Yves Jeannet
Diante do amálgama entre vida e obra que determinados leitores fazem, e embora não pareça existir nada de ficção em seus livros atuais (existe, ainda assim, uma transposição: iniciais, coordenadas geográficas), você diria, como Proust: foi um outro eu que escreveu isso? Um eu que, ao escrever, estaria em outra temporalidade, em um espaço diferente do da vida cotidiana? Que escaparia ao julgamento, "como se eu precisasse estar ausente no momento de publicação do texto", você escreve em *L'Occupation*, "como se eu precisasse morrer, queria que não houvesse mais juízes".

Annie Ernaux
Vou tentar expor esse paradoxo em vez de explicá-lo, talvez. De um lado, a necessidade que sinto, como Leiris, de um "chifre de touro", de um perigo no exercício da escrita. Esse perigo, cuja natureza imaginária acabei de deixar subentendida mas que me "conduz" de verdade, e eu o encontro ao dizer "eu" nos meus livros, um "eu" que remete explicitamente à minha pessoa,

que recusa qualquer ficcionalização. Era difícil, "perigoso" — e por muito tempo imaginei ser impossível — falar do gesto de loucura de meu pai quando eu tinha doze anos, mas um dia fiz isso. Eu pretendia provar, portanto, que é realmente de "mim" que se trata. Da mesma maneira, ao reler meu diário pessoal, por exemplo a parte que foi publicada com o título *Se Perdre*, sei que se trata da mulher que eu era naqueles anos e que, em muitos aspectos, talvez ainda seja. Mas, por outro lado, sinto a escrita como uma *transubstanciação*, como a transformação daquilo que pertence ao vivido, a "mim", em algo que existe completamente fora de minha pessoa. Algo de uma ordem imaterial, e por isso mesmo inteligível, compreensível, no sentido mais forte da "preensão", pelos outros. Foi isso que me ocorreu quando escrevi *L'Occupation*: eu sinto, eu sei que, no momento em que estou escrevendo, não é o *meu* ciúme que está no texto, mas *o* ciúme, isto é, algo imaterial, sensível e inteligível de que as outras pessoas talvez poderão se apropriar. Mas essa transubstanciação não se dá por si só, ela é produzida pela escrita, pela maneira de escrever, não em um espelhamento do eu mas como a pesquisa de uma verdade fora de si. E — talvez seja uma maneira de ultrapassar o paradoxo — essa verdade é mais importante que a minha pessoa, que as minhas questões, que aquilo que vão pensar de mim. Ela merece, ela exige que eu corra riscos. Talvez eu até acredite que só se pode alcançá-la à custa do perigo...

Frédéric-Yves Jeannet
Você me disse que era difícil explicar como a vida cotidiana atua na elaboração de um texto (pode-se até falar em interação entre o dia a dia e a escrita, pois esta última também modifica a vida a seu redor). Você já citou Raymond Carver, que "explica em suas entrevistas — muito úteis, portanto! — que as brincadei-

ras de seus filhos em um apartamento pequeno o impediam de escrever e que a opção pelo conto era uma resposta à impossibilidade de se concentrar por muito tempo em um texto longo", e a que você acrescentou: "Repare que eu também não falei tanto da interpenetração entre dia a dia e escrita, da luta entre eles, tão violenta em determinadas épocas de minha vida!". Talvez essa situação seja inerente à condição do artista moderno, à sua "condenação" (que é também uma oportunidade) de precisar combinar um trabalho que pague as contas, a arte e a vida do dia a dia? Quais seriam, no seu caso, os elementos, as condições materiais, que levaram à adoção da forma breve para levar a cabo suas explorações?

Annie Ernaux
Fiquei impressionada com isso que dizia Carver — de cuja obra gosto muito — por diversos motivos. Antes de tudo, pela sua maneira simples de falar da vida concreta, de apontar a importância decisiva dela em sua escrita, na opção pelo texto curto, o conto. Talvez não seja o único elemento determinante, mas ao menos ele não o esconde. Na França, muitas vezes preferimos evitar esse assunto. Por outro lado, ele fala — coisa extremamente rara para um escritor homem — dos choros e das brincadeiras dos filhos, dos quais ele também precisa cuidar, que o impedem de se concentrar. E fui transportada para um período da minha vida, entre os 25 e os quarenta anos, em que foi muito difícil realizar um trabalho de escrita *contínuo*, sendo minha vida aquela que muitas mulheres jovens levavam e continuam a levar, com toda a aparência de liberdade e felicidade: trabalhar fora de casa (o ensino), cuidar dos filhos (dois), fazer as compras e cozinhar. E sem saber *quando* teremos duas ou três horas de tranquilidade para escrever, e sabendo que, se isso acontecer, a qualquer momento poderemos ser interrompidas, não conseguiremos mergulhar

realmente em outro universo. Ou só à custa de uma luta incessante, sobretudo consigo mesma, para não desistir. Ainda mais que, ocupada com uma configuração familiar e profissional de um lado e com as dificuldades inerentes à escrita de outro, eu não conseguia definir se era a diversidade de tarefas que me dispersava, se me faltava tempo ou se eram força e capacidade para escrever que faltavam. Em certos momentos, eu me perguntava se não seria mais feliz caso parasse de escrever, se deixasse de estragar a vida de todo mundo, do meu marido e dos meus filhos. Eu não me questionava se não eram eles que estragavam a minha... Nessa época, por duas vezes passei um mês longe de casa, completamente isolada, para escrever. Fiz questão disso e, apesar de tudo, senti culpa, uma culpa que eu também tinha experimentado, mas em menor grau, ao me preparar para os concursos de licenciatura quando meus filhos eram pequenos. Em resumo, eu não conseguia fugir completamente da ideia de quais devem ser as prioridades das mulheres, de uma sensação de ilegitimidade ao me dedicar a uma atividade que não diz respeito à minha família (ainda que passar em um concurso tivesse a ver com a situação econômica da família).

Mais tarde, divorciada, morando sozinha com meus filhos, que aos poucos ganhavam autonomia, minha única limitação era o ensino à distância, do qual passei a fazer parte no fim dos anos 1970. As aulas a serem preparadas, os textos por corrigir exigiam muito tempo, mas eu podia definir meus horários de trabalho, até mesmo os dias, um verdadeiro luxo...

Tenho certeza de que as diversas limitações influenciaram o tempo de escrita dos meus textos, o ritmo de publicação deles. Quanto à brevidade, a partir de *O lugar* — cuja redação coincide, ao contrário, com o fim da minha vida de casada e, portanto, com mais tempo —, ela está relacionada a toda uma reflexão sobre a escrita, a uma mudança nela, de que já falei. Escrita concisa, para a qual sou infinitamente mais lenta. Mas, de certa maneira, essa reflexão, essa escrita e essa brevidade são produto de condições materiais, da maior liberdade que voltei a ter.

Não saberia dizer se a necessidade de ter uma atividade remunerada, que subtrai todo um tempo não apenas da escrita efetivamente, mas da obsessão que ela engendra, é uma sorte ou uma maldição. As possibilidades estão dadas: viver dos próprios livros (raríssimo, no início), ser sustentado pelo Estado (buscando subsídios, bolsas) ou por um marido, um amante, uma esposa, que ganhem dinheiro pelos dois, ou ter um emprego. Esta última solução me parece oferecer mais chances de garantir a independência da própria escrita e maior autonomia no que diz respeito ao mundo literário. Mas a questão não é só essa, acho. Também tem a ver com a sua relação com a escrita, com o dinheiro e a escrita, com o tipo de gratificação que se espera da escrita, dos leitores. Muito rapidamente senti que só poderia escrever na completa liberdade, sem que ninguém esperasse nada de mim, em tal data, de tal tipo. Foi, portanto, mantendo meu trabalho de professora, com suas obrigações mas também com sua segurança material, que consegui continuar tranquilamente meu trabalho de escrita, preferindo a exploração e suas incertezas.

Preciso também dizer que para mim nada é mais deprimente que me sentir inútil, não ter feito nada com meu dia. Ter um trabalho em que sempre havia alguma coisa para fazer, que me dava a sensação de interferir direta e imediatamente no mundo, na formação intelectual dos jovens, me permitia escapar da desolação de ter perdido meu tempo com três linhas, ou com nada, durante uma manhã. Da agonia de não ser nada por não fazer nada. E ser obrigada a abandonar por um tempo aquilo que estava escrevendo me parecia sempre benéfico do ponto de vista da distância em relação ao texto em processo.

Frédéric-Yves Jeannet
"Escrevo minhas histórias de amor e vivo meus livros", lemos em *Se Perdre*. Essa defasagem eterna e essa conjunção paradoxal entre escrever sua vida e viver sua escrita seriam inerentes à escrita "que não mente" (a expressão é de Hélène Cixous), à osmose que é estabelecida por quem escreve entre a vida "real" e aquela que só pode ser alcançada por meio da escrita?

Annie Ernaux
Eu não saberia dizer se essa defasagem e essa conjunção paradoxal — as palavras são tão precisas — que sinto, e você também, são tão fortes assim para todos que escrevem. Até para mim, há muitos momentos no cotidiano em que a escrita não está presente, como pensamento, desejo ou sensação. Quando estou diante de outras questões, que vão desde conversas — mas não gosto daquelas chamadas "literárias" — até a procura de mudas de rosas para plantar, ou de uma bolsa que quero comprar, e, claro, como sempre fiz até esses últimos anos, a preparação escrita das aulas, a correção dos textos. Mas acredito que, de modo global, o fato de escrever dá forma à existência. Às vezes tenho a impressão de viver em dois planos *ao mesmo tempo, o da vida e o da escrita*.

Na frase que você cita, "*Escrevo* minhas histórias de amor e *vivo* meus livros", trata-se também, e uma vez mais, dessa aproximação e desse intercâmbio — contínuos —, à minha revelia, entre minha vida e meus livros, entre o amor, o sexo, a escrita e também a morte. Dessa luta também.

Frédéric-Yves Jeannet
Ainda em *Se Perdre*, de 1990, você escreve que "a perspectiva de escrever", em determinado momento, a "aterrorizava". Muitas vezes me acontece de experimentar essa sensação de repulsa,

muito penosa para quem dedica grande parte da vida a essa atividade. Uma vez superado isso, ter passado pelo desânimo permite alcançar outro plano?

Annie Ernaux

Sabe, a perspectiva de escrever me aterrorizava em 1989-90 porque eu estava completamente obcecada por um homem, porque a existência estava tão intensa, tão extraordinária, sem esforço nem trabalho, que a escrita, com o distanciamento que ela supõe, me parecia apenas um deserto, uma tentativa atroz de me arrancar de onde eu me encontrava. A paixão é um estado de fruição total do ser e de encerramento no presente, uma fruição imediata, é antes de tudo um estado. A escrita não é um estado, é uma atividade. A perda de si, que enxergo em ambos, que talvez eu busque, não chega ao mesmo resultado.

Quando minha mãe morreu, também tive horror à escrita. E depois escrever foi um recurso, fazê-la existir numa forma histórica, me salvar ao salvá-la, de certo modo.

Não conheço a aversão, a repulsa à escrita, nem sequer o desânimo, e sim as dúvidas, a falta de vontade de continuar, depois a impossibilidade. Não saberia dizer se isso que chamo de minha neurose dos inícios — porque o bloqueio acontece com frequência nesse momento — tem algum tipo de valor, se é necessário... É apenas um sinal. O sinal de que não consegui encontrar algo, de que preciso fazer alguma outra coisa. O canteiro de obras de que falei está lotado de coisas inacabadas, mas sei agora que são provisoriamente inacabadas, são esboços de obras futuras.

Escrever para salvar

Frédéric-Yves Jeannet
No começo desta entrevista você me disse que, a partir de *La Femme gelée*, vinte anos atrás, você parou de definir a literatura e que hoje em dia você não sabe o que ela é. Você também diz, em 1986, no diário publicado com o título *Je Ne suis Pas Sortie de ma Nuit*: "O que estou escrevendo não é literatura. Vejo a diferença nos livros que fiz, ou talvez não, pois não sei fazer livros que não sejam isso, esse desejo de salvar, de entender, mas primeiro salvar". Você escreve ainda que "a literatura não tem poder algum", e poderíamos encontrar em *Se Perdre* muitos outros exemplos dessa ideia, como este: "Estou realmente abaixo da literatura neste momento [...]. Abaixo de tudo, até da lembrança". Como conciliar essa parte de sua escrita que você define como "não literária" com a outra, que pertence à escrita? E, se ela não pertence à literatura, como poderia ser definida?

Annie Ernaux
Quando eu era muito nova, parecia importante para mim definir a literatura, a beleza etc. Porque eu acreditava que, para escrever, precisava saber disso. Depois escrevi sem me colocar

essa questão, do lado de fora dessa questão. "Existe algo como as Letras?", pergunta-se Mallarmé. Essencialmente, ele responde que sim, dado que ele desfruta delas. Eu acrescentaria de bom grado, rapidamente, que a literatura existe, dado que sofro com ela, que dedico a ela um tempo considerável, e que os leitores desfrutam e sofrem ao lerem meus textos. A literatura existe, mas não possui uma essência que possa ser definida. Por "literatura" entende-se geralmente um conjunto de textos sem finalidade prática (ao contrário de um tratado de psicologia, um livro de jardinagem), ou, para usar a expressão de Kant, textos com uma "finalidade sem fim". A "literatura" é um princípio de classificação, mas também um valor. Por exemplo, sob a rubrica "Literatura" de um jornal, que separa, portanto, os textos literários dos não literários, você vai ler uma crítica afirmando que tal romance "não é literatura". Por um lado, quanto à classificação, esse romance pertence à literatura, mas por outro, quanto ao valor, ele está excluído dela. Usa-se e abusa-se desses juízos de valor, geralmente proferidos num tom peremptório, porque se trata do exercício de um poder, o de consagrar ou aniquilar aquilo que se ama ou se detesta. Mas é muito esquisito que quase nunca se diga o que se entende por "literatura", como se se tratasse de uma obviedade, de algo que se explica por si mesmo, que é universal e atemporal. Ora, muitos textos têm hoje um estatuto e um valor literários que de início não tinham. Há o exemplo célebre das *Confissões* de Rousseau, criticado por seus contemporâneos por seu "estilo de criado". É preciso lembrar também que no século 19 o que era considerado "literatura" era a poesia, não o romance. Em determinado momento, sem que se saiba por quê, tal livro se torna um objeto estético, tal gênero se torna literatura...

Muitos livros têm para mim valor de literatura, ainda que não sejam classificados dentro da literatura, textos de Michel

Foucault e Bourdieu, por exemplo. É a perturbação, a sensação de abertura, de ampliação, que faz algo ser literatura para mim.

Dizer "O que estou escrevendo não é literatura" etc., ou "A literatura não tem poder algum", ou me sentir "abaixo da literatura", significa necessariamente reconhecer que tal "coisa" existe, a literatura. É também me perguntar como existo em relação à literatura, e também como situo minha escrita em relação a uma determinada imagem da literatura que determinados livros me passam e que recuso, livros que me parecem da ordem da fabricação, e não da carne e do sangue. No fundo, é minha própria visão da literatura que afirmo, isto é, meu desejo de que cada frase seja cheia de coisas reais, que as palavras não sejam mais palavras, mas sensações, imagens, que, assim que são escritas/lidas, elas se transformem em uma realidade "dura", em oposição à "leve", como se diz na construção civil.

Frédéric-Yves Jeannet

Quando você menciona "esse desejo de salvar, de entender, mas primeiro salvar", compreendo instintivamente esse uso intransitivo do verbo "salvar", mas escrever para salvar não é também para salvar a si mesmo?

Annie Ernaux

Salvar do apagamento os seres e as coisas de que fui protagonista, palco ou testemunha, em uma sociedade e em um tempo dados — sim, sinto que está aí minha grande motivação para escrever. É por isso uma maneira de salvar também minha própria existência. Mas não se pode fazer isso sem essa tensão, esse esforço de que acabei de falar, sem perder uma sensação de si na escrita, uma espécie de dissolução, e também um distanciamento extremo. É por isso que o diário pessoal, sozinho, não me salva. Porque ele salva apenas os meus próprios momentos.

A proximidade das coisas

Frédéric-Yves Jeannet
Qual é o significado, simbólico ou real, das datas de finalização ou do tempo que levou a redação, anotados no fim dos seus livros? Ele está relacionado à datação precisa do diário de que você falou, com as anotações temporais que demarcam o texto? O que acontece para você entre duas datas; por exemplo entre junho de 1983 e abril de 1986, isto é, entre a finalização de *O lugar* e a de *Une Femme*? Você escreveu durante todo esse tempo ou houve uma interrupção, uma cesura?

Annie Ernaux
Minha necessidade de datar é mais antiga que a de escrever, na minha lembrança. Quando criança, enterrei no jardim uma caixa com meu nome, minha idade e a data daquele dia, para ser descoberta pelas pessoas de um futuro distante. E, como anônimos que deixam um vestígio de sua passagem, iniciais e datas em paredes, balaustradas, eu registrava datas em todos os lugares. Nada foi mais emocionante para mim que descobrir que Restif de la Bretonne tinha a mesma mania, com suas inscrições na Île Saint-Louis... Por muito tempo anotei a data de aquisição

na página de guarda do livro que tinha acabado de comprar. Necessidade compulsiva de marcar o tempo que escapa, fixá-lo, fazer história de mim mesma em todos os sentidos do termo...

Dito isso, no caso das datas de início e de fim de um livro há também o desejo de mostrar o tempo real de escrita do livro, sem os preparativos, os abandonos, a entrada definitiva no projeto até sua conclusão. Esse intervalo tem uma grande importância para mim, é o intervalo de uma época excepcional, de uma outra vida. Se tem apenas a data do fim, é que o livro foi escrito aos solavancos, com desvios pelo caminho...

Frédéric-Yves Jeannet
Acabei de reler *L'Occupation*, texto que você alterou depois de ter publicado uma primeira versão no jornal *Le Monde*, em agosto de 2001, e que, portanto, comporta dois blocos temporais de redação, indicados ao fim. Já lhe aconteceu de publicar diversos estágios de um texto em processo?

Annie Ernaux
Nunca publico um texto em processo, nunca sequer leio trechos dele para os outros. *L'Occupation* não era uma obra em processo, e sim já escrita, grosso modo, e cuja extensão final precisou ser calibrada para a publicação no *Le Monde*. É uma coisa que nunca mais vou fazer, essa falta de liberdade foi frustrante, e, por fim, chegaram até a retirar os "brancos" que eu tinha colocado, desfigurando o texto com essa eliminação das respirações, porque ele estava grande demais... Portanto, retomei meu texto para publicá-lo na versão inicial. É por isso que há duas datas, uma indica o primeiro fim e a outra, o segundo fim, a prorrogação, três meses depois. É também uma maneira de fazer com que se sinta a passagem do tempo, mostrar que, se quisermos, um livro nunca está terminado.

✷

Frédéric-Yves Jeannet
Você usa o *passé composé* (às vezes, o presente narrativo) para recriar uma percepção específica dos fatos rememorados, para obter uma maior legibilidade do texto?

Annie Ernaux
Antes de tudo, ao escrever procuro tornar as coisas legíveis para mim mesma... A legibilidade de um texto, além disso, não está relacionada ao uso ou não do *passé simple*. Não vamos nos aprofundar, levaria tempo, mas entram em jogo, por exemplo, a sintaxe — simples ou complexa —, o vocabulário, o grau de abstração das frases, a familiaridade do universo do leitor com o do livro, a pontuação... Ainda que seja praticamente ausente da fala, o *passé simple* não afasta nenhum leitor, é o tempo mais usado na narrativa, tanto nos folhetins quanto nas obras históricas etc. Não, uso o *passé composé* pela impossibilidade absoluta de perceber as coisas no *passé simple*. O *passé simple* me soa como um distanciamento — mesmo que o cúmulo da distância seja, para mim, o modo imperfeito do subjuntivo, e é por isso que nunca respeito as concordâncias, voluntariamente —, e concordo com Barthes quando ele diz que o *passé simple* significa, e antes de tudo proclama: "Eu sou a literatura". O *passé simple* me lembra de minhas redações de estudante, o artifício que eu usava para dotar de nobreza as ações ordinárias, no estilo "colhera uma flor e a cheirara.... bebêramos um chocolate quente deleitoso...",* ele me lembra de uma escrita que não tinha realidade alguma, cuja

* Para sugerir o efeito empolado do *passé simple* a que Annie Ernaux se refere, usa-se aqui o pretérito mais-que-perfeito do português, que, no entanto, não corresponde ao uso do *passé simple* no francês. (N.T.)

principal vantagem era ser bem avaliada. E, para o *passé composé*, há isto: ele nos faz sentir que as coisas não terminaram, que elas ainda estão durando até o presente. É o tempo da proximidade das coisas, no tempo e no espaço. O tempo da ligação entre a escrita e a vida.

Frédéric-Yves Jeannet
Quanto às expressões faladas ou informais ("é zoado demais", em *L'Occupation*, as expressões "regionais" em *O lugar* e *Une Femme*), você faz uso delas para marcar sociologicamente um lugar, uma época, para mostrar aquilo que o particular tem de universal — ou, mais uma vez, por uma preocupação com a legibilidade?

Annie Ernaux
Não, não tenho nenhuma dessas intenções. Na verdade utilizo bem pouco termos da Normandia, minha região de origem. Por outro lado, uso um número bastante grande de expressões do francês popular, para as quais atribuo seu pleno significado social, por exemplo todos os significados da palavra *place* [lugar] no livro com esse título. Essas palavras dizem, retratam essa maneira de existir, são a prova dela. A menininha de doze anos que diz, em *A vergonha*, "Você vai me afundar na desgraça" existe daquela maneira, naquele momento.* E "É zoado demais" é um pensamento real, meu, com essa palavra, nos anos 2000, que diz e prova o excesso de sofrimento.** Todas as palavras, sobretudo quando são a transcrição de falas, estão cheias de sentido, elas "recolhem" a cor de uma cena, sua dor, estranheza

* Como indicado na nota de rodapé da própria autora, traduzida na edição brasileira de *A vergonha*, "No dialeto normando, '*gagner du malheur*' [afundar na desgraça] significa ficar louco e infeliz para sempre depois de ter vivido uma situação de pavor". (N.T.)

** "*C'est trop destroy*", no original. (N.T.)

ou violência social. É o "Eu não sou encanador!" do residente do hospital, antes de fazer uma curetagem uterina, em *O acontecimento*. Mas essas expressões faladas se integram a uma língua narrativa mais clássica, a um outro registro, não informal (em *L'Occupation* há palavras tiradas da linguística, como "fático", e da sociologia, como "tipo ideal"), uma espécie de união entre o inteligível e o sensível, o pensamento e o corpo. É uma maneira, acredito, de associar todas as linguagens, de mostrar que há muito "sentido" tanto em uma frase banal quanto na que é mais aparentemente elaborada. E, cada vez mais, as pessoas conhecidas, aquelas de que me lembro, existem na forma das palavras que disseram. Ou dos gestos que fizeram.

Não vejo as palavras, vejo as coisas

Frédéric-Yves Jeannet
Ao escrever, você trabalha mais cortando ou fazendo incisões e acréscimos? Seu manuscrito se desenvolve a partir de um planejamento, de um núcleo (aquilo que Henry James chamava de "pepitas" da ficção), ou ele é a redução até a essência de um primeiro jorro mais vasto e espontâneo?

Annie Ernaux
Como escrevo meus livros... Tenho a impressão de que cada um foi escrito de uma maneira distinta, mas acho que o diferente neles é a minha vida pessoal, o mundo ao meu redor no momento em que eu escrevia, mais que minha maneira de escrever em si. Pensar na escrita de *O lugar*, *Paixão simples*, *A vergonha* ou *O acontecimento* é rever momentos sempre singulares, com uma determinada coloração afetiva, cheios de viagens, encontros etc. Pois nem tudo que se faz é escrever! A escrita precisa de tempo, de rotina, dos outros. Mas, bom, algumas coisas não variam. Primeiro, o desejo de me comprometer, de mergulhar naquilo que é ao mesmo tempo específico — "como me tornei mulher", uma paixão, a vida do meu pai, o aborto etc. — e vago:

sem planejamento, sem método. Geralmente tenho vontade de escrever algumas páginas e paro, sem saber como continuar, sem enxergar o que poderia "fazer com isso". Começo outra coisa, às vezes também sem sucesso. Às vezes não: *La Femme gelée* tomou o lugar de... *O lugar*, que começou antes e foi interrompido. Depois retorno a esses inícios, dou continuidade a eles e os levo a cabo. Todos os meus livros foram escritos assim — com exceção de *La Femme gelée*, que não abandonei de antemão — sem que eu consiga entender por quê. O fato de eu não ter feito da escrita o meu trabalho, de não precisar publicar rapidamente conta muito: posso tomar o tempo de respeitar meu desejo.

Também tenho, aliás cada vez mais, outra maneira de proceder — ainda que essa palavra não seja a mais pertinente, uma vez que a vontade, o cálculo, não estão envolvidos de modo definitivo, é mais uma estratégia inconsciente, um pouco tortuosa —, que é continuar um "canteiro de obras" sem saber se ele vai se tornar um livro. E isso para continuar, tanto quanto possível, em um espaço de liberdade, liberdade de conteúdo e de forma, de invenção. *Journal du dehors* e *Paixão simples*, *A vergonha*, *L'Occupation* nasceram dessa "escrita livre" sem finalidade, ao menos confessa, lúcida. Em dado momento, mas nunca saberei dizer qual, sei que irei até o fim do projeto. Mas me poupei da agonia e das dúvidas da escolha de uma estrutura, uma vez que ela se impôs por si mesma.

O trabalho com a frase propriamente dita, com as palavras, realmente obedece à sensação, ao *feeling*: "é isso" ou "não é isso". Acho que quando escrevo não vejo as palavras, vejo as coisas. Que podem ser muito fugazes, abstratas, como sentimentos, ou, ao contrário, concretas, como cenas, imagens da memória. As palavras vêm sem que eu as procure ou, ao contrário, exigem uma tensão extrema, não um esforço, e sim uma tensão, para serem ajustadas com precisão à representação mental. Quanto ao ritmo da frase, não trabalho nele, eu o escuto em mim, apenas o transcrevo.

Meus rascunhos — trabalho em folhas de papel, com canetas de ponta fina — são cheios de rasuras — mas isso também depende dos textos, de acréscimos, palavras escritas em cima de outras, deslocamentos de frases e parágrafos.

O desejo e a necessidade

Frédéric-Yves Jeannet
Você falou de alguns dos seus métodos e processos de escrita, da elaboração do texto, por exemplo no encerramento de um colóquio sobre as "escritas brancas". Você também descreve esse processo, de um jeito menos técnico, em seus livros recentes, paralelamente ao desenrolar da narrativa. Adoraria que aprofundássemos um pouco esse assunto, cuja importância está dada desde que a reescrita se tornou objeto de estudos específicos: a crítica genética. Primeiro, uma pergunta bem ampla: qual é o caminho que uma primeira ideia de um texto percorre até sua realização? Quais seriam, grosso modo, as etapas?

Annie Ernaux
Não sei se a palavra "ideia" é a mais pertinente, ao menos para a maioria dos textos que escrevi. É algo como um sentimento, um desejo que se forma e pode continuar latente por muito tempo. Algo vago, difícil de explicar em poucas palavras. A pior pergunta que podem me fazer — e infelizmente isso acontece com muita frequência —, por curiosidade, interesse verdadeiro ou apenas educação, é: "Sobre o que você está escrevendo neste

momento?". Não sei dizer, não escrevo "sobre" um assunto, estou dentro de outra vida, uma espécie de vida paralela que é o texto enquanto ele está se escrevendo. E da mesma maneira, aquilo que primeiro é mostrado a mim não é um assunto, mas uma nebulosa. Escrevo nas primeiras páginas de *O lugar* que, depois da morte de meu pai, pensei "preciso explicar tudo isso". Foi exatamente assim que meu desejo de escrever se apresentou naquele momento: uma necessidade de desdobrar as coisas reprimidas que dizem respeito tanto à vida do meu pai quanto à minha passagem progressiva para uma burguesia intelectual. Uma espécie de caminho, uma direção, mas nada além disso. Acho que foi assim na maioria das vezes, essa espécie de desejo que se torna cada vez mais nítido, contra o qual também luto ocasionalmente. Aliás, me parece que sempre começo reprimindo meu desejo, por isso as pausas, as suspensões depois das primeiras páginas.

Muitos textos viram a luz do dia à custa de uma resistência inicialmente violenta. Estou pensando em *Une Femme*, que só consegui escrever de verdade depois que minha mãe morreu, sendo que eu já tinha começado o texto; em *Paixão simples*, primeiro constituído de fragmentos sem uma finalidade precisa. Recentemente, *O acontecimento*, no qual descrevo, aliás, as etapas dessa resistência e a transposição do interdito. E *A vergonha*, é claro, cuja primeira página consiste de fato na transgressão de algo proibido: narrar a cena violenta entre os meus pais naquele domingo, quando eu tinha doze anos. Também resisti antes de mergulhar na escrita de *La Femme gelée*; desconfiava que, mais ou menos de forma consciente, eu estava colocando minha vida pessoal em jogo, que no fim desse livro eu me separaria do meu marido. Foi o que aconteceu.

O processo costuma ser o seguinte. Em certo momento, sou compelida a escrever algumas páginas, para as quais não defino nenhum objetivo e que não se destinam a ser o início de um texto específico. Eu paro, não sei para onde estou indo, deixo esse fragmento de lado. Mais tarde ele vai se revelar determinante no projeto que, nesse meio-tempo, se tornou mais claro, e de alguma maneira eles vão se unir. É um pouco abstrato, seria preciso relembrar como isso aconteceu exatamente em cada um dos meus livros, porque ainda assim há diferenças na elaboração, eu diria que no desejo, de cada um deles. Por exemplo, no início de *O lugar* há o relato das provas práticas do Capes, o certificado de aptidão ao cargo de professora, e da morte de meu pai. Escrevi isso quase de uma assentada, em La Clusaz, no recesso de Páscoa de 1976. Não consegui ir adiante. No verão seguinte, escrevi *Ce Qu'ils Disent ou Rien*, continuando um fragmento que tinha sido redigido durante o inverno... Em janeiro de 1977, retomei e segui em frente com aquilo que tinha escrito sobre meu pai em 1976. Era um romance, que parei de escrever em abril, na página 100, porque tudo me parecia falso. Quando retomei esse texto, em 1982, conservei apenas as páginas escritas na primeiríssima vez, em La Clusaz... Mas em seis anos fiz uma reflexão importante sobre a relação entre escrita e mundo social, minha posição de narradora oriunda do mundo dominado etc. Meu projeto foi reduzido, foquei no meu pai mais que na minha "traição", que era o que de início eu imaginava, e o texto acabou com apenas 113 páginas. Isso, aliás, é quase uma constante, a extensão que imagino de início vai sempre diminuindo.

Foi o mesmo processo em *A vergonha*, algumas páginas em 1990, pausa, retomada em 1995: toda a perspectiva do texto me ocorreu com a última frase do fragmento em suspenso: "Foi naquele ano que entrei no território da vergonha".

Mas até aqui falei do impulso, das primeiras páginas que, em outro mundo, o mundo da escrita, dão forma ao desejo de mergulhar na exploração de uma realidade, não a da forma, ou seja, tudo que diz respeito à estrutura, aos limites do texto, às diversas escolhas possíveis. Tudo isso, na minha opinião, também explica esse intervalo de tempo entre as primeiras páginas e a continuação, pois a partir do momento em que realmente começo a escrever estabelece-se, eu diria que de um jeito material, concreto, a questão da "forma". Flaubert diz algo como (não me lembro da citação exata): "Cada livro contém em si sua poética, que é preciso encontrar". É isso que preciso buscar, que às vezes me toma muito tempo e que eu definiria como o *ajuste* entre um desejo e um projeto de um lado, e do outro, as técnicas possíveis da ficção (essa palavra sendo empregada evidentemente em seu sentido de construção e elaboração, não de imaginação). Alguns ajustes me exigiram muita reflexão (*O lugar; A vergonha*); outros, um pouco menos (*O acontecimento*); outros, quase nenhum, como se não houvesse qualquer outra opção possível, como se o desejo tivesse imediatamente encontrado sua forma (*Paixão simples*, *L'Occupation*).

Há vinte anos, como já disse, tenho uma espécie de diário de escrita, na verdade um diário de "entre escritas", porque recorro a ele para expor todos os meus problemas e hesitações *antes* de escrever ou no início de um livro. A partir do momento em que estou realmente dentro de um texto, não anoto mais nada nesse diário.

É impossível falar de todas as outras etapas do texto a partir do momento em que tenho certeza de que vou até o fim dele, aconteça o que acontecer. Os manuscritos, que guardo desde *O lugar* (apenas parcialmente), *Une Femme* etc., salpicados de correções e comentários, talvez tenham muito a dizer... A crítica genética me parece ser atualmente a mais apta a revelar a elaboração de um texto. Entretanto, o que ela não consegue medir, nem sequer perceber, é a influência do *presente*, da vida, no texto. Na escrita de *Paixão simples*, por exemplo, há a interferência de elementos que aconteceram no momento em que eu estava escrevendo e que são mencionados em meu diário pessoal, na sequência não publicada de *Se Perdre*.

Muitas vezes citei esta frase de Breton nas aulas para os estudantes de Capes: "Primeiro, amar; haverá tempo, depois, de saber por que se ama". Com muita frequência os alunos mostravam uma abordagem exclusivamente "tecnicista" dos textos, como se eles não lhes "dissessem" nada, e eu pensava que ensinar literatura no ensino fundamental e no médio era primeiro fazer com que eles amassem os livros que os acompanham na vida. Dito isso, querer desmontar as engrenagens das obras, sua gênese, como se faz há um século e sobretudo nos últimos cinquenta anos, me parece legítimo. Querer entender como esse texto, que existe como um todo, foi concebido e a partir de quais elementos — em última análise, o bricabraque, íntimo, coletivo — para entender "por que se ama".

Frédéric-Yves Jeannet

Você percebe que não fiz essa pergunta que você teme: "Sobre o que você está escrevendo?"? Acho, na verdade, que é praticamente impossível definir um texto que se está buscando antes de tê-lo terminado, ou de estar muito adiantado na realização dele, o que talvez os prototextos possam mostrar depois, uma vez que o projeto se transforma ao longo do percurso e a escrita é um processo de esclarecimento daquilo que estava obscuro quando se começou. Da mesma maneira o "gênero" de seus textos atuais, com exceção do diário, é indefinível segundo os parâmetros clássicos, como já dissemos.

Como um organismo autônomo

Frédéric-Yves Jeannet
Quanto à materialidade do trabalho de escrita: você trabalha cortando e substituindo, acrescentando e suprimindo parágrafos, frases. Você saberia dar uma ideia da *natureza* dessas reescritas e supressões, se é que elas acontecem de maneira similar e respondem a uma necessidade invariável em seus textos? O que você corta, o que acrescenta, e como? Você não parece ser alguém que vai colando papéis na margem...

Annie Ernaux
Meus manuscritos lembram cada vez mais um *patchwork*: cada folha tem parágrafos repletos de acréscimos por cima das palavras, entre as linhas e na margem, com canetas de cores diferentes, às vezes lápis preto. O lugar desses parágrafos não é fixo, por isso tem indicação de remissão de página. À folha 10, por exemplo, pode-se acrescentar 10 B, 10 C, até 10 D (ainda não fui além disso). E mais recentemente comecei a usar Post-it, mas não confio no aspecto efêmero deles, porque quero guardar tudo: aquilo que não me agrada em um dia pode me satisfazer no seguinte.

Tudo isso diz respeito à minha maneira de escrever quando estou mergulhada no projeto, na construção dele: por um lado, avançar muito lentamente e, por outro, fazer acréscimos sem parar, colocar de volta coisas que me ocorrem, seja no momento em que escrevo, seja em qualquer outro, no dia a dia. Poucos cortes. Eu corto muito, contudo, na última etapa, quando passo o texto para o computador (nos últimos sete anos; antes eu usava a máquina de escrever, que necessariamente limitava o número de correções e revisões). Muitas vezes, quando o texto foi publicado e eu revejo o manuscrito, me pergunto por que retirei esta ou aquela coisa, não consigo explicar. Duvido que a crítica genética possa fazê-lo, porque, nesse último trabalho do texto, obedeço a uma espécie de necessidade, segundo a qual o livro é contemplado em toda a sua totalidade, como um organismo autônomo, fora de mim, ao qual ainda assim estou ligada. Uma necessidade que se perde, quando o livro está pronto e publicado. Vem daí minha incapacidade de entender determinados cortes.

Frédéric-Yves Jeannet
As anotações sobre escrita, o processo da memória, a abordagem, quase a anamnese, frequentes em seus livros pós-romanescos, são posteriores, anteriores ou simultâneas à redação desse primeiro jorro que às vezes você guarda por bastante tempo antes de finalizar e publicar?

Annie Ernaux
Desde *O lugar*, as anotações presentes nos meus livros me ocorrem enquanto estou escrevendo, não são ajuntadas ao texto, com o qual elas têm, aliás, uma relação estreita — com este texto em específico e não com outro. *O acontecimento* é o relato de um aborto e o relato da escrita de um aborto, com os problemas

da memória, o problema das *provas*. Não teria como importar tudo isso de outro momento da minha vida, quero dizer, de um momento diferente daquele em que eu estava escrevendo o livro. Também aí se trata da verdade, da "prova": é isso que estou sentindo, é isso que me atravessa. De certa forma, é dizer "em tempo real", no momento em que estou vivendo. É o que ocorre no início de *A vergonha*, em que analiso o que acontece comigo depois de ter escrito pela primeira vez a cena traumática de meus doze anos. Isso faz parte da escrita como exploração, ainda que não seja necessariamente o que mais interessa aos leitores. Nas *Confissões*, Rousseau enumera os detalhes de que se lembra da sala de estudos de Bossey, um barômetro, uma gravura, um calendário, uma mosca pousando na sua mão. E acrescenta: "Sei bem que o leitor não tem grande necessidade de saber tantos detalhes; eu é que tenho de os dizer". Eu também tenho necessidade de dizer coisas que acontecem ao escrever, das quais o leitor não tem, imperiosamente, necessidade.

Uma maneira de existir

Frédéric-Yves Jeannet
No ano passado, você me escreveu dizendo que tinha encontrado, em seu diário de 1963 (o ano evocado em *O acontecimento*), esta anotação a respeito de um texto que estava começando naquela época: "Tenho cada vez menos 'fé' e, no entanto, não consigo viver sem isso. Talvez não passe apenas de uma crença". E acrescentava: "Trinta e oito anos depois, não me coloco mais a questão da fé naquilo que faço, uma vez que não consigo viver sem isso e, se é uma crença (que vocabulário religioso!), não consigo mais renegá-la...". Esse apelo a expressões religiosas para falar da escrita me leva a pensar: você transferiu para a escrita a fé de sua infância, mencionada especialmente em *A vergonha* e em *O acontecimento* (o episódio da confissão)? Como você está em relação à fé, ou ao equivalente a ela?

Annie Ernaux
Pensar que não se pode viver sem escrever é uma crença no sentido mais geral, alguma coisa imaginária que leva as pessoas a se empenharem em uma ação, um amor etc. É a forma que um desejo toma para se realizar. Aos 22 anos, quando escrevo que

talvez não passe de uma crença — essa ideia de não poder viver sem escrever — e que não tenho mais "fé", estou arrumando outras fontes de felicidade, ou, como se dizia muito então, outras possibilidades de "autorrealização", ainda mais por ter sabido, três meses antes, que meu primeiro romance havia sido recusado pelas editoras. Hoje escrever se tornou uma maneira de existir, é uma crença realizada, em suma.

Mas chego agora ao cerne da sua pergunta, sobre uma eventual transferência de minha fé da infância para a escrita. Estremeci imediatamente diante da expressão "fé da infância", como se ela não fosse adequada para esse conjunto de discursos, regras, ritos e práticas, de histórias, que constituía uma educação católica até os anos 1970. Sobretudo quando se tem uma mãe tão devota quanto a minha e se é aluna de um pensionato religioso. Não é a ideia da existência de Deus, nem a da alma imortal, ou as ideias inculcadas como verdades absolutas que são as mais importantes, e sim as palavras repetidas, como "sacrifício", "redenção", "perfeição", por exemplo — toda uma linguagem que estrutura a percepção do mundo, as lendas, as imposições e as proibições, principalmente sexuais, implícitas. A prática da confissão influenciou muito mais a vida das pessoas que o dogma da Trindade ou da Imaculada Conceição! Quando criança, portanto, eu acreditava em Deus, na Virgem Maria etc., mas principalmente porque era proibido não acreditar neles. Uma lembrança: eu devo ter doze ou treze anos e digo com desprezo à minha priminha e a uma outra menina que eu não acredito em céu, inferno, Deus. Elas ficam horrorizadas e ameaçam "ir contar tudo" para a minha mãe. Elas não contaram, mas lembro que fiquei muito atormentada com essa perspectiva.

Me parece que é em torno dos dezesseis anos, quando ao mesmo tempo releio *A náusea*, estudo Pascal e tenho uma crise violenta de enterite — imagem de vasos sanitários congelados no pátio do pensionato, em fevereiro —, que descubro que o céu está vazio. Se em seguida a questão da existência de Deus se dissolveu no ar, por ser inútil, sem importância diante dos problemas do mundo real e do conhecimento, o mesmo não pode ser dito da impregnação ética, da linguagem e das noções por meio das quais pensei até a adolescência. Abandonar ideias é mais fácil que abandonar imagens, maneiras de sentir. Há uma década tenho perfeita consciência de ter transferido determinadas representações, determinados requisitos ligados à religião em que fui batizada, para a minha prática de escrita e o sentido que dou a ela. Por exemplo, pensar a escrita como uma doação absoluta de si, uma espécie de oferenda, e também como o lugar da verdade, da própria *pureza* (acho que usei essa palavra em *Se Perdre*). Ou ainda sentir que os momentos em que não escrevo são um erro, *o* erro, o "pecado mortal" (que abismo sem fundo essa expressão!). Mas tudo aquilo que está "no além" e é verdade sobrenatural na religião, para mim está *aqui*, apenas aqui, e não existe verdade revelada, dada. A outra vida, a que a religião situa para além da existência, no porvir, eu situo no passado, é a vida já vivida — também é a vida que acessamos no amor, de certa forma. Eu vivo, penso e sinto de maneira materialista, com o nada como pano de fundo; é isso aliás que me leva a deixar o testemunho de um vestígio na história. Não ter vindo ao mundo inutilmente, para nada.

Frédéric-Yves Jeannet
Então escrever seria para você, como para Proust, "a única vida realmente vivida"?

Annie Ernaux
Proust especifica: "A vida real, a vida *enfim descoberta e esclarecida*, a única vida, por conseguinte, realmente vivida, é a

literatura".* Insisto nessas palavras, "a vida descoberta e esclarecida", porque elas me parecem fundamentais. Se eu tivesse uma definição para a escrita, seria esta: descobrir, ao escrever, o que é impossível de descobrir por qualquer outro meio, fala, viagem, espetáculo etc. Nem pela reflexão por si só. Descobrir alguma coisa que não existe antes da escrita. Aí que está a fruição — e o terror — da escrita, não saber o que ela faz aparecer, acontecer.

✷

Frédéric-Yves Jeannet
A imagem do dom, recorrente nos seus livros, parece indicar que existiria uma dívida a ser paga, a ser reembolsada. Se é esse o caso, você tem hoje a sensação de ter saldado essa dívida com o mundo de onde você veio (estou usando suas palavras), ao reproduzi-lo em *O lugar*, *Une Femme*, *A vergonha*, ao assumir e superar a "culpa" inicial? De fato, parece, que há uma década seus livros vão além da reconstituição histórica, sociológica de uma época, para se centrar no íntimo com *O acontecimento*, *Paixão simples*, *Se Perdre*, *L'Occupation*...

Annie Ernaux
A escrita nunca pode ser encarada pelo ângulo da liquidação progressiva de problemas, como numa lista em que riscamos sucessivamente as tarefas ou compras a fazer. Nem mesmo como uma superação. Ao contrário, acredito que ela é, de certa forma, o lugar do insuperável, social, familiar, sexual. No meu caso, se existe uma dívida ou culpa, elas nunca vão acabar.

* Marcel Proust, *O tempo redescoberto*. Trad. de Lúcia Miguel Pereira. Rio de Janeiro: Biblioteca Azul, 2013.

Mais que isso, me parece que desde o início escrevo com o mesmo intuito — o desvelamento do real — e a partir das mesmas pulsões, até conflitos.

Dito isso, assim como alguns leitores, você enxerga uma diferença entre, por exemplo, *O lugar*, *Une Femme* e *O acontecimento*, *L'Occupation*; entre o que poderia ser esquematizado como o social de um lado e o íntimo de outro. A diferença não está aí. Em *O lugar* e *Une Femme* a narrativa está centrada nas figuras sociais dos meus pais. Em *Journal du dehors* e *La Vie extérieure*, que são inclusive textos recentes, não existe nada de íntimo — como indicam os títulos — e é raro o "eu" aparecer. Já em *Paixão simples*, *O acontecimento* e *L'Occupation*, o "eu" não apenas narra, como em *O lugar*, mas é também o tema da narrativa e o objeto de análise. *A vergonha*, desse ponto de vista, é híbrido, com o "eu" e o sujeito indefinido. Mas, em todos esses textos, existe a mesma *objetificação*, o mesmo distanciamento, quer se trate de fatos psíquicos de que sou ou fui palco, ou de fatos sócio-históricos. E, em *Les Armoires vides*, meu primeiro livro, não separo o íntimo do social.

Adoraria me debruçar sobre esse conceito de íntimo que, em um pouco mais de uma década, veio para o primeiro plano, deu origem a uma classificação literária — "escritos íntimos" —, se tornou objeto de debate com um suposto interesse social na TV e nas revistas, e se confunde mais ou menos com o sexual (ao qual por muito tempo foi associado, por exemplo em "higiene íntima"). Pode-se imaginar que o fato de esse conceito emergir tenha alguma coisa a ver com uma mudança na percepção de si e do mundo, que é um sinal disso. Em todo caso, o íntimo é, neste momento, uma categoria de pensamento por meio da qual os textos são vistos, abordados e agrupados. Essa maneira de pensar, de classificar, é estranha a mim. O íntimo sempre foi e ainda é social, porque um *eu* puro, em que os outros, as leis e a história não estejam presentes, é inconcebível. Quando escrevo, tudo é coisa, matéria diante de mim, exterioridade, sejam meus sentimentos, meu corpo, meus pensamentos ou o comportamento das pessoas no trem. Em *O acontecimento*, o sexo atravessado pela sonda, as águas e o sangue, tudo isso que se classifica como íntimo, está ali, a nu, mas remete à lei de então, ao discurso, à sociedade de modo geral.

Será que o íntimo passa a existir no momento em que o leitor, a leitora têm a sensação de estarem lendo a si mesmos em um texto?

Frédéric-Yves Jeannet
Arrisco uma interpretação: talvez, quanto mais íntimo ou pessoal é um texto, mais ele se torna universal. Inclusive, *O lugar* e *Une Femme* também são íntimos, nesse sentido de evocar uma experiência pessoal — e universal.

*

Frédéric-Yves Jeannet
"Quando se sente dificuldade ao fazer alguma coisa, é preciso continuar; é descobrindo a solução que se faz uma coisa verdadeiramente nova." Essa frase do pintor Pavel Filonov, que você cita em *Se Perdre*, é uma espécie de pai-nosso para mim, quando em minha própria pesquisa sinto que está especialmente difícil e perigoso caminhar "sempre do mesmo lado, nunca de outro", como escreveu Roger Laporte. T.S. Eliot, por sua vez, escreveu: "*Each venture is a new beginning, a ride into the inarticulate*" [Cada projeto é um novo começo, uma viagem pelo não articulado]. Sua busca se torna mais difícil à medida que avança? Qual é o custo, o investimento implícito em sua procura incessante da verdade?

Annie Ernaux
Li essa frase de Pavel Filonov em uma exposição de suas obras no Beaubourg em 1990, quando estava em dúvida sobre um projeto, num desânimo profundo, e imediatamente entendi que ele estava certo. Não podemos abandonar o projeto, abandonar um desejo essencial alegando que não vamos conseguir. Pelo contrário: a dificuldade, o bloqueio, para falar explicitamente, obrigam a inventar, descobrir soluções artísticas novas. Foi inclusive o que aconteceu com *O lugar*. Ao mesmo tempo, essa certeza de precisar enfrentar a dificuldade, essa obrigação de não desistir, não facilita muito o exercício da escrita... Por sinal, meu diário de escrita é de uma desolação terrível, tenho pavor de relê-lo, diferentemente do diário pessoal... Trata-se sempre, de fato, de buscar uma forma, a única que existe, para alcançar ou produzir a verdade. Uma forma que vem de dentro da não ficção. Cada vez mais eu pago o preço da liberdade e da exigência, ao mesmo tempo.

Frédéric-Yves Jeannet
Acompanhando sua obra atual à medida que ela é produzida, a pergunta que fascina e causa vertigem é: até onde é possível seguir esse caminho? E, para mim, sempre a impressão mais forte depois da leitura é que você fez as coisas chegarem no limite. Você se faz essa pergunta, até onde ir? Você às vezes fica em dúvida?

Annie Ernaux
Não sei exatamente o que você está querendo dizer e, no entanto, consigo sentir isso, porque você, como eu, entende a escrita como uma busca, também como uma coisa perigosa, uma exigência que não pode ser ignorada. É preciso admitir, talvez exista um mito da escrita e do sofrimento — Flaubert! —, da

busca prometeica — Rimbaud... —, ao qual podemos nos sentir tentados a nos vincular, em uma atitude por vezes irritante. Mas é verdade, entendo a escrita como um meio de conhecimento e uma espécie de missão, a missão para a qual nasci, e por isso quero ir sempre o mais longe possível, sem saber o que isso significa na verdade. Ao responder isso, me ocorreu uma frase de Dostoiévski, em *Crime e castigo*, a respeito de Raskolnikov: "Viver para existir? Só que antes ele já estivera milhares de vezes disposto a dedicar toda a sua existência a uma ideia, a uma esperança, até a uma fantasia. No entanto sempre achara pouco existir; sempre quisera mais".* Sei essa frase de cor, porque ela está escrita no começo da minha agenda de 1963, o ano em que terminei de escrever meu primeiro texto, não publicado, e também em que vivi intensamente. Essas frases dos outros que nós escrevemos são também a verdade para nós mesmos. Ter apenas a existência, e ela não ser suficiente...

NOVA YORK — PARIS
JUNHO 2001 — SETEMBRO 2002

* Fiódor Dostoiévski, *Crime e castigo*. Trad. de Paulo Bezerra. São Paulo: Editora 34, 2009, p. 553.

Atualização

Relendo a entrevista que Frédéric-Yves Jeannet e eu fizemos, por e-mail, entre 2001 e 2002, minha primeira reação foi de surpresa: não havia nada ali que eu quisesse mudar ou desdizer. E, mais ainda, em 2002, senti uma gratidão imensa por ele, que com sutileza e rigor me levou a fazer um exame de "consciência literária" desafiador e completo. Assim, era tentadora a ideia de me ater a essa impressão e autorizar a nova publicação de *A escrita como faca* sem acrescentar nada.

Em *Ficções*, Borges inventa um tal de Pierre Ménard, que, na aurora do século 20, reescreve o *Dom Quixote* de Cervantes, palavra por palavra. Parece ser o mesmo texto. Mas não é, diz Borges, demonstrando que a distância histórica o tornou completamente diferente. Dez anos é muito pouco, sem dúvida, para que essa entrevista carregue em si marcas perceptíveis do tempo que passou. Porém...

Nesse meio-tempo, a sociedade e a paisagem literária mudaram. As "novas" tecnologias — como ainda as chamamos, e por pouquíssimo tempo — estão revolucionando o modo de apropriação dos textos. Em 2003 era surpreendente fazer uma entrevista por e-mail, e hoje isso é banal. Questões tratadas na entrevista, literatura e política, escrita e feminismo, tendem a se tornar extemporâneas. A transgressão, na literatura, perdeu seu sentido ao se tornar o rótulo mais elogioso e o mais vastamente distribuído. A autoficção borrou a fronteira entre o romance e a autobiografia, misturando no mesmo balaio projetos de escrita muito diferentes, apagando a singularidade de cada um. Em um contexto de tantas tentações, o partido que tomamos aqui de nos atermos à escrita, toda a escrita, em sua relação com a vida e com o mundo, mas sem incluir nada de episódico ou confidencial, talvez surpreenda (ou decepcione?).

Acima de tudo, durante esses dez anos continuei a escrever e a publicar livros. Livros que não refutam os anteriores, mas exploram outros territórios, com outras formas. Achei que seria bom dar algumas explicações, me "atualizar".

Na época da entrevista, eu me debatia com um projeto que remontava a quinze anos antes: queria contar a vida de uma mulher, mais ou menos a minha, que se diferenciasse e ao mesmo tempo se confundisse com o movimento da geração dela. Naquele momento, isso era um grande canteiro de obras, constituído de anotações, inícios, muito numerosos, que tinham de três a trinta páginas de questionamentos formais, teóricos. Cada vez mais eu pensava em uma "autobiografia vazia", isto é, coletiva, sem *eu*, com apenas *nós* e o sujeito indefinido. Intitulei meu trabalho provisoriamente de *História*, depois *Geração*.

Não falei nada a esse respeito nas conversas com Frédéric-Yves Jeannet, porque não tinha certeza de que conseguiria levar a cabo esse projeto, que me parecia ter algo de novo, talvez insano. Mais que isso, para mim um livro é uma visão que se realiza ao longo do processo, que não existe antes da última frase. Naquele momento eu não tinha nada além da visão. Mas *Os anos* — o título que foi enfim escolhido — está aqui, no horizonte dessa entrevista, por exemplo quando escrevo que "estou em um passado que chegaria até o presente, portanto algo no âmbito da história, mas esvaziado de qualquer narrativa". Ou então quando tento explicar meu método de trabalho, fundado na memória, uma maneira de "alucinar" as imagens da lembrança, isto é, de olhar para elas até ter a impressão de que são reais e que estou *dentro* delas. Eu trabalharia assim em *Os anos*, mergulhando nas minhas imagens do fim da Segunda Guerra Mundial até 2007, escutando de novo as falas das pessoas, as propagandas e as canções, depois analisando todos esses elementos e fundindo-os a uma espécie de narrativa épica moderna.

Diante do medo que senti até o fim, medo de escrever um texto ilegível, a recepção de *Os anos* foi um milagre. Parte do entusiasmo dos leitores e da crítica deve-se, sem dúvida, a uma necessidade de memória nesta época de mutações sem precedentes. Não a memória oficial ou conservada pelos arquivos, e sim a memória que cada um produz simplesmente vivendo, por sermos atravessados pelas coisas e pelas ideias, pelos acontecimentos que constroem o *espírito do tempo*. Também quero acreditar que, para além da felicidade melancólica que os leitores sentiram, de recuperar o tempo passado, esse livro mostra que fazemos a história juntos.

Em minha trajetória, acontecimentos imprevisíveis da vida me ditaram muitos textos, geralmente curtos — *Une Femme*, *Paixão simples*, *L'Occupation*. De repente, não havia como escrever qualquer outra coisa além *daquilo*. Foi assim também com *L'Usage de la photo* [O uso da foto], que terminei pouco tempo depois desta entrevista, na qual eu já dizia que "as fotos me fascinam", que "poderia passar horas diante de uma foto, como se estivesse diante de um enigma". Em 2003, quando fazia quimioterapia devido a um câncer de mama, conheci Marc

Marie. Começamos a nos relacionar. Onze anos antes, em *Paixão simples*, manifestei o desejo de conservar o cenário formado pelos objetos e pelas roupas fora de ordem depois do sexo. Desta vez, foi numa manhã que tive a ideia de registrar numa fotografia esse quadro, essa paisagem estranha, efêmera. Decidimos que continuaríamos a tirar fotos dos lugares onde tínhamos feito sexo e, alguns meses depois, cada um faria um comentário, como quisesse, sobre catorze imagens desse conjunto. Assim nasceu esse "uso escrito" da foto contra o tempo e contra a morte, que naquele momento estendia sua asa sobre mim. Mesmo deixando de lado os guinchos de escárnio de alguns críticos — para nenhuma surpresa, críticos homens —, devo confessar que esse livro trouxe inquietação. Talvez tenha perturbado por razões variadas: pelo erotismo de uma mulher com câncer, pela inserção de fotos sem uma intenção artística, mostrando um jeans jogado no chão aqui, sapatos espalhados num corredor ali. Talvez ainda mais pela sua forma, que, segundo o desejo que expressei para Frédéric-Yves Jeannet, "rompe com o fechamento da obra", abre-o para imagens e para uma escrita que não é minha.

Em 2002, declarei: "Não desejo descobrir as zonas cinzentas da minha vida". Veio o acaso me fazer violentamente desmentir isso, levando-me a ver um desejo que eu não sabia existir em mim. Instigada pelo pedido de uma jovem editora que estava criando uma coleção nova, obedecendo a uma diretriz precisa — "Escreva a carta que você nunca escreveu" —, me ocorreu instantaneamente a ideia: "carta para a minha irmã morta". Como se a forma epistolar, de que não gosto muito e que nunca tinha praticado antes, se revelasse a única possível de evocar a primeira filha de meus pais, que morreu antes de eu nascer, aos seis anos. De uma só vez se abria diante de mim uma porta que até então tinha permanecido fechada, e só me restava atravessá-la. Essa carta, *A outra filha*, é uma tentativa de pensar sobre o impensável, a criança dos céus, a "santa" sobre a qual eu não podia falar. De revelar essa ligação entre a morte dela e a minha crença — presente no ato de escrever — de ser uma "sobrevivente".

Como há dez anos, sinto hoje que é perigoso falar do trabalho que estou realizando. Ele pode ser modificado ou suspenso a qualquer momento pela irrupção de acontecimentos pessoais. Ou coletivos, que imporiam novas questões. Pois escrever não é algo que se faça fora do mundo social e político: essa convicção profunda é o fio que corre sem interrupção pela entrevista, e que deu o título a ela. Mais do que nunca, não podemos nos resignar com as coisas que acontecem. E elas estão mais sombrias, em comparação com 2002. No contexto de uma dominação masculina que mal começava a se romper, constata-se o retorno, no imaginário coletivo, da mulher perigosa, da bruxa, cujo avatar moderno é a "mulher que usa véu", acusada de prejudicar a República. O governo atual, o mais cínico e injusto dos últimos 65 anos, fez dela o arauto de um perigo islâmico que ameaça a "identidade nacional". Dia após dia, os discursos e as pesquisas constroem — com sucesso, infelizmente — a figura de um inimigo interno, o muçulmano (mas também o imigrante, o cigano, o jovem das periferias), de um modo que, tragicamente, lembra a busca por um bode expiatório nos anos 1930. Nesse clima apático de repúdio ao Outro, a primeira questão a ser colocada, quando se escreve, é como produzir uma consciência crítica diante da escalada do perigo.

ABRIL DE 2011

Retorno a Yvetot

Prefácio da autora à nova edição

Dez anos atrás, em 2012, fui convidada pela cidade de Yvetot a fazer uma conferência na Mediateca. Vir para Yvetot era retornar para o lugar onde vivi dos cinco aos dezoito anos, depois mais irregularmente, durante meus estudos em Rouen, até os 24 anos. Jamais conseguiria pensar nos meus anos de infância e juventude fora dessa cidade — que tinha então 7 mil habitantes —, fora de suas ruas, suas lojas e seus prédios, fora de sua topografia social, na qual o café-mercearia dos meus pais num bairro periférico ocupava um lugar inferior. Decidi que seria esse o tema da minha conferência. Descrever como, por meio de quais experiências ligadas aos diferentes espaços da cidade, às hierarquias que a estruturam, ela se tornou esse território incorruptível no qual se ancora minha escrita.

Não mudei nada do texto inicialmente lido na conferência, mas quis trazer documentos de arquivo que pudessem tornar tangível, materializar a ideia de 2012, como a página de anotações retirada do boletim escolar do sexto ano e a redação na qual descrevo uma cozinha imaginária — cujo modelo foi um recorte da revista *L'Écho de la Mode* —, acumulando e misturando elementos retirados de minhas leituras e que me pareciam corresponder ao bom gosto, desde a poltrona até os quadros, passando pela trilha sonora de jazz. A toalha de plástico destoa, único detalhe verdadeiro. Hoje leio nesse *patchwork* surrealista a impossibilidade de descrever meu "cômodo favorito na casa", que era a mercearia, o que em meu entender certamente fugiria do tema. Quanto à cozinha real, passagem estreita entre o café e a mercearia, ao pé de uma escada, sem água encanada nem pia, uma simples bacia colocada em cima do guarda-louças, ela não tinha direito à dignidade escolar.

Achei que mostrar algumas cartas trocadas com uma colega de classe e amiga — cuja biblioteca da família menciono na conferência, assim como o assombro que ela havia me causado — lançaria uma luz a um só tempo vibrante e nuançada sobre esses anos de juventude. Eu me dirijo a Marie-Claude de um jeito leve e jovial, talvez desejando agradá-la e me parecer com ela. Ela mora em uma casa nova em Le Trait, e seu pai é engenheiro nos estaleiros que empregam toda a população dessa cidade perto do Sena. Ela me dá de presente o livro mais recente de Françoise Sagan, me empresta as novidades. Descrever-me como "malvestida e um pouco conformista" no ano anterior é deixar subentendido que evoluí para me parecer com ela, e as primeiras cartas, com seu leitmotiv de tédio e do tempo que passa, ilustram aquilo que eu escreveria em *Une Femme* [Uma mulher] e que está retratado em uma foto: "Eu vivia minha rebeldia adolescente de forma romântica, como se meus pais fossem burgueses". Quando, já estudante, recuso seu convite para sair, é em inglês que confesso minha necessidade de guardar dinheiro [da bolsa] para ir à Espanha.

Por fim, em contraponto a essa última carta — em que expresso meu desejo de "transmitir a mensagem, isto é, uma outra visão do mundo pela arte" —, apresento um trecho de meu diário de 1963, quando escrevi um texto e ele foi recusado pela editora Seuil. São páginas que parecem mostrar aquilo que nunca deixou de estar aqui: o dilema entre o amor e a escrita, o desejo de vingar minha raça e, por muito tempo reprimido, o apego ao lar de meus pais. A Yvetot, *esta casa para onde sempre retorno*.

ANNIE ERNAUX

Apresentação da primeira edição

É com grande satisfação que saudamos a publicação desta obra, transcrição de uma conferência realizada em 13 de outubro de 2012 em Yvetot por Annie Ernaux. Satisfação de poder assim inscrever na memória local, de modo duradouro, esse acontecimento cultural tão importante para nós que foi o primeiro retorno oficial de Annie Ernaux aos lugares de sua infância. Orgulho também de constatar a vastidão da plateia, que compareceu em peso naquela tarde de outono. O público estava ciente do caráter excepcional e "histórico" do encontro. Pois, muito mais que rememorar lembranças da infância, foi o fenômeno de transformação dessas lembranças em material de uma obra de alcance universal que pudemos ouvir e entender. Agradecemos calorosamente a Annie Ernaux pelo momento único que nos proporcionou.

Gostaríamos também de oferecer nossos agradecimentos ao Cercle d'Études du Patrimoine Cauchois, à livraria L'Armitiére de Yvetot, a Anne-Édith Pochon, responsável pelo desenvolvimento cultural da cidade, e a Pascale Lécuyer, diretora da Mediateca intermunicipal, sem a ajuda de quem esse acontecimento não se teria realizado, e agradecer também à Drac

[Direction régionale des affaires culturelles] — da Alta-Normandia, assim como ao Conselho-Geral do Seine-Maritime pelo apoio financeiro.

GÉRARD LEGAY
Presidente da Communauté de Communes de la Région d'Yvetot

ÉMILE CANU
Prefeito de Yvetot, vice-presidente do Conselho-Geral

DIDIER TERRIER
Vice-presidente responsável pela Cultura e Comunicação

FRANÇOISE BLONDEL
Conselheira municipal voltada à valorização do patrimônio local

Regressar

Desde a publicação de meu primeiro livro, *Les Armoires vides* [Os armários vazios], há quase quarenta anos, participei de encontros com leitores em muitas cidades, na França e pelo mundo. Nunca em Yvetot, apesar dos convites que me foram feitos reiteradamente.

Bem, não é difícil imaginar que os moradores de Yvetot e região possam ter visto nisso um sinal de desdém, de ressentimento tenaz, e que talvez tenham se sentido injustiçados. Afinal, eu "usei" Yvetot, os lugares, as pessoas que conheci, peguei muito da Yvetot onde passei minha infância, minha primeira juventude, e de certa forma me recusei a lhe dar algo em troca.

Sim, continuei regressando a Yvetot como sobrinha, prima, como parte de uma família que sempre viveu aqui. Regressei enquanto filha, guardiã do túmulo de meus pais e de uma irmã, morta aos seis anos. Certa vez, quinze anos atrás, regressei até como aluna do ensino médio do que então se chamava "pensionato" Saint-Michel e reencontrei minhas antigas colegas em um jantar no Hôtel du Chemin de Fer. Nunca havia regressado como uma mulher que escreve, que publica livros. Poderia dizer que, de certo ponto de vista, íntimo e profundo, Yvetot é a única cidade do mundo para onde eu não podia ir. Por quê? Simplesmente porque ela é, como nenhuma outra cidade para mim, o lugar de minha memória mais fundamental, a dos meus anos de infância e de formação, e essa memória está ligada àquilo que escrevo de maneira intrínseca. Indelével, diria até. Ao aceitar desta vez o convite da municipalidade, aceitei ao mesmo tempo me explicar diante do público que mais importa, o dos habitantes de Yvetot, e escolhi rememorar esse laço que une minha memória da cidade e minha escrita.

As ruínas

Em minhas rápidas passagens por Yvetot nesses trinta anos, constato mudanças, destruições. Alguns desaparecimentos já antigos me entristeceram, como o do mercado de grãos, que abrigava a célebre sala dos postes e o velho cinema Leroy. Quando voltava para casa, nunca me lembrava da cidade que tinha acabado de ver, da cidade como ela é hoje, com suas novas lojas, suas novas construções. A cidade real se apaga, nunca fica gravada em mim, esqueço-a quase instantaneamente. Acontece o mesmo com a casa onde vivi, radicalmente transformada, e que esqueço assim que a entrevejo de dentro do carro. Nesse caso, a memória é mais forte que a realidade. Para mim, o que existe é a cidade de minha memória, esse território específico onde me iniciei nas questões do mundo e da vida. Um território que também ocupei com meus desejos, meus sonhos e minhas humilhações. Em outras palavras, um território muito diferente da cidade real de hoje.

Naturalmente, compartilho com muitos de seus moradores o território de experiência que Yvetot representou para mim, mas de jeitos diferentes: primeiro, de acordo com a idade; depois, com o bairro onde se morou na cidade, a escola que se frequentou, por fim e sobretudo de acordo com o meio social dos pais de cada um.

É claro que, por ter nascido durante a Segunda Guerra Mundial, ter chegado a Yvetot no outono de 1945, passado aqui boa parte do que chamamos de Trinta Gloriosos, isto é, aqueles anos de elevação do nível de vida, de esperança de uma vida melhor, minha memória da cidade é fortemente marcada pela História.

Antes de mais nada, a História, a História com "H maiúsculo", como dizia Georges Perec, já não era o barulho e a fúria dos bombardeios que eu tinha visto em 1944 em Lillebonne, como em todos os lugares da Normandia. Não; quando cheguei a Yvetot, havia a calma estranha, a desolação muda de uma paisagem em ruínas se estendendo por centenas de hectares no centro de Yvetot. A cidade tinha sido destruída duas vezes: primeiro, queimada em 1940, em circunstâncias bastante confusas — a memória coletiva popular atribuía a responsabilidade aos prefeitos e ao arcipreste, e eu cito: "Todo mundo deu no pé quando viu os *boches*..." —,* depois, bombardeada em 1944 pelos Aliados. É preciso imaginar, no lugar de todas as construções do centro, construções que chamo de "modernas" por tê-las visto subir, ainda que hoje tenham sessenta anos, um campo de escombros heterogêneos, com pedaços de parede, crateras enormes no chão, um rasto de ruas ladeadas por ruínas, casas curiosamente poupadas, um prédio — o Hôtel des Victoires —, uma loja aqui e ali, igreja não havia mais.

Foi com a imagem do caos que me deparei no dia em que cheguei a Yvetot com meus pais, na cabine de um caminhão de mudanças, sentada nos joelhos de meu pai; caos acentuado

* Faz alusão aos alemães de forma pejorativa. O termo foi adotado pelos franceses durante a Primeira Guerra Mundial.

pela desordem de uma multidão espalhada por todos os cantos, impedindo o caminhão de avançar, pois era dia de são Lucas e com certeza a primeira feira de diversões depois do fim da guerra. Não sei se essa conjunção da feira e dos escombros está na origem da espécie de terror e atração que a feira de diversões provocará em mim para sempre — o parque de diversões itinerante, como se dizia —, tanto em Yvetot como mais tarde em Rouen, quando ela ocupava todo o Boulevard Yser. Mas tenho certeza de que essa primeira imagem deixou em mim uma impressão indelével.

Todos os lugares aonde fui depois, cada paisagem em ruínas, me levaram inconscientemente de volta a essas dos meus primeiros anos, até mesmo as ruínas antigas, em Roma, em Baalbek. Cada parede com vestígios de projéteis de uma guerra, como em Beirute em 2000, me fez estremecer.

Por um grande acaso, em meados dos anos 1970 fui morar em uma cidade que mal havia saído do papel, Cergy, que era chamada de "cidade nova". Por toda parte havia gruas, escavadeiras, estradas e prédios em construção: eram, multiplicados por dez, os canteiros de obra da reconstrução do centro de Yvetot, que levou cerca de dez anos, isto é, a maior parte de minha infância e adolescência. Nessa cidade imaginada para 100 mil habitantes, refletiam-se as imagens daquela minha cidadezinha do pós-guerra, desse momento bastante estupendo, que foram, afinal de contas, os anos de reconstrução na Normandia, anos que andavam de mãos dadas com uma esperança geral da sociedade, com a confiança no progresso. A memória dos lugares que temos em nós se assemelha a um palimpsesto, esse manuscrito raspado no qual existem diversas camadas de escrita e em que às vezes é possível ler as antigas, que reaparecem. Em 1975, sob a cidade de Cergy em construção, eu lia, eu "via" o centro de Yvetot em obras nos anos 1950.

O território da experiência

Não guardo na memória toda a topografia de Yvetot, ainda que, quando criança, tenha percorrido a maioria de seus bairros a pé com minha mãe aos domingos, depois de bicicleta com minha prima Colette. São o lugar exato da casa e os caminhos conhecidos que gravam em nós a fisionomia individual de uma cidade. Muito antes de o termo "bairro" [*quartier*] se tornar, na boca de comentaristas políticos e da imprensa, sinônimo de regiões simultaneamente pobres e perigosas, falar de um "bairro", na minha infância, era contrapô-lo ao centro da cidade, deixando subentendida a longa distância e, mais frequentemente, a vulnerabilidade de seus moradores. Às vezes, sua má reputação. Eram bairros em que não nos referíamos às ruas pelo nome, onde elas eram muitas vezes inclusive anônimas, como se estivessem fora da cidade. Os tantos anos que correram e as transformações pelas quais eles passaram me permitem citá-los: o bairro Réfigny, de Brême, do Champ de Courses e naturalmente o bairro do Fay. De modo geral, nos definíamos em relação ao centro. Eu não saberia determinar hoje, assim como não sabia antes, os contornos e os limites, que nunca existiram concretamente, mas eram muito reais na linguagem, uma vez que se dizia "vou para a cidade", "vou subir para a cidade", até mesmo "vou para Yvetot", para dizer que se ia a Le Mail ou para a Rue du Calvaire, Rue de l'Étang, Rue Carnot, ao correio ou à prefeitura. Uma parte grande de minha família, meus pais e eu, pertencíamos à categoria das pessoas que diziam "vou para a cidade" como se estivessem indo para um território que não era verdadeiramente seu, aonde de preferência se devia ir bem-vestido, bem penteado, um território onde, por cruzarmos com muitas pessoas, estamos mais sujeitos a ser julgados, analisados. O território do olhar dos outros e por isso, às vezes, o território da vergonha.

Ao dizer isso, deixo subentendido que, para além da separação espacial entre o centro e os bairros, estou no fundo aludindo a outra separação, de natureza social. Ela não se confundia necessariamente com a divisão topográfica, uma vez que pessoas abastadas, que moravam em mansões ou casas luxuosas, eram vizinhas de operários, de velhos sem recursos, de famílias numerosas que se apertavam em "casas baixas" sem água encanada nem banheiros internos. O que hoje chamamos de "diversidade social" caracterizava o território da minha experiência de mundo, em um perímetro que englobava a estação, a Rue de la République e a Rue du Clos-des-Parts, para lá da ponte de Cany e do bairro do Champ de Courses, à sombra do hospital e de seu sino que tocava o Angelus. E posso dizer que, nesse território, eu tinha uma vista privilegiada para as diferenças e as injustiças sociais, e que eu mesma fui atravessada pelo desprezo de classe, pela condescendência dos mais ricos, devido à situação de meus pais.

Não retomarei aqui tudo que mencionei com rigor em dois de meus livros, *O lugar* e *Une Femme*, a leve ascensão social que levou meus pais, ambos operários, a serem donos de um café-mercearia, primeiro em Lillebonne, depois na parte baixa da Rue du Clos-des-Parts. Mas vou insistir no que meu olhar de criança e adolescente amealhou ao ser confrontado com a realidade social mais nua, por vezes a mais violenta, que se exibia a cada dia no café e na mercearia de meus pais, lugares completamente dedicados ao comércio, onde a intimidade não existia. “Mamãe, tem um mundo de gente aqui!”, eu era obrigada a gritar quando minha mãe se afastava por algum motivo e não escutava a campainha da loja. Posso dizer que sempre havia um mundo de gente ao meu redor, que cresci no meio de todo mundo e de sua diversidade, ainda que o grosso da clientela pertencesse à faixa menos privilegiada da população do bairro. Diferentemente das lojas modernas do centro, ali ninguém era anônimo, cada cliente tinha uma história, familiar, social, até mesmo sexual, que era contada com meias-palavras na mercearia e da qual, naturalmente, eu não perdia nenhum detalhe. Era um mundo diverso e exuberante, em permanente contato com a realidade econômica, como eram meus próprios pais, com seu medo de faltar, de “não darem conta”, com a desolação do “caixa” que era contado a cada noite e que diminuía. Eu me lembro de todas as pessoas do bairro, clientes ou não, aliás. Ao escrever *Les Armoires vides* elas estavam presentes, mas mudei os nomes, claro.

Em *A vergonha*, um livro posterior, escrevi:

Em 1952, não consigo me imaginar fora de Y. [*Observem que não escrevo “Yvetot” por inteiro, apenas “Y.”, porque para mim ela é uma cidade mítica, a cidade de origem.*] Fora de suas ruas, suas lojas, seus moradores que me chamam de Annie D. ou “a menina D.” [*Annie Duchesne, é claro*]. Para mim, não existe outro mundo. Todos os assuntos contêm Y.: ao falar da vida e dos nossos desejos, sempre temos em vista suas escolas, sua igreja, seus comerciantes de novidades e suas festas.*

Não existia outro mundo além de Yvetot e seria assim por muito tempo — até os meus dezoito anos —, mas já existia e haveria de existir para mim, cada vez mais, duas fontes de escape: o conhecimento escolar e a leitura.

* Annie Ernaux, *A vergonha*, op. cit., p. 26.

Ir à escola

Ainda que o pensionato Saint-Michel ficasse, como ainda fica, no centro de Yvetot, nem eu nem minhas colegas que moravam longe e iam até lá de bicicleta dizíamos "vou para a cidade" para se referir ao caminho de casa até a escola, feito quatro vezes por dia, dos seis aos dezoito anos. Era simplesmente a escola, um universo à parte, muito fechado, diametralmente oposto ao meu espaço familiar. Além de ser uma escola de freiras, uma escola católica em que o ensino religioso e a oração ocupavam um lugar hoje inimaginável, ela era considerada por muitos a "escola dos ricos", o que em parte era incorreto: sobretudo no primário, havia filhos de operários. Mas era a escola em que os filhos dos ricos, as crianças que então ousávamos chamar "de boa família", gozavam, ainda que fossem medíocres, não de melhores notas, mas de mais respeito.

O ambiente escolar, oposto ao familiar, foi uma abertura para o conhecimento, o pensamento abstrato, a linguagem escrita. Foi uma ampliação do mundo. Ele me deu a capacidade de nomear as coisas com exatidão, de perder o que ainda me restava do dialeto patoá — usualmente falado no meio popular —, de escrever o francês "correto", o francês legítimo.

Descobri cedo o prazer de aprender, estimulada especialmente pela minha mãe, e eu sabia que meus pais adoravam que eu adorasse aprender... Uma anedota me ocorre: no início do sexto ano, a diretora, mlle. Pernet, entrou na sala e perguntou de supetão quem ia fazer latim. Sem ter consultado meus pais, que nem sabiam dessa possibilidade, levantei a mão junto com outras três ou quatro meninas. Eu achava incrível poder aprender latim além de inglês e estava muito orgulhosa de chegar em casa com essa notícia! Era óbvio para mim que meus pais ficariam felizes. E eles ficaram. Só que era um curso extra, que custava muito caro; minha mãe — que controlava as finanças da casa — não reclamou de pagar, nem sequer me repreendeu pela decisão que eu havia tomado sozinha.

Mas o ambiente escolar foi também, nesse mesmo movimento, uma extirpação progressiva do ambiente familiar, na medida em que este último era indireta e continuamente ridicularizado pela fala das professoras, por sua linguagem, pelas regras de limpeza e, depois, pela comparação com outras alunas, mais bem-vestidas, que saíam de férias, viajavam, tinham discos de música clássica. Vou dar um exemplo que não está nos meus livros dessa vergonha social que senti em determinadas ocasiões inesquecíveis e secretas. Uma lembrança que me veio à mente no ano passado, quando eu preparava uma fala sobre "Autobiografia e trajetória social". É esta aqui:

Sábado, uma e meia da tarde, na sala do oitavo ano, pouco antes de começar a aula de redação, nos minutos em que estamos nos sentando, em meio a um escarcéu. Acho que mlle. Cherfils, a professora de francês, ainda não chegou. Jeanne D., uma aluna com quem não convivo — os pais dela são pessoas chiques, os únicos donos de ótica da cidade — grita, dirigindo-se para ninguém em particular: "Está fedendo a água sanitária!". E: "Quem é que está cheirando a água sanitária? Eu ODEIO água sanitária!". Eu quero afundar no chão, escondo minhas mãos debaixo da mesa, talvez nos bolsos de minha blusa. Estou morrendo de vergonha, desesperada de medo de alguém ao lado apontar para mim. Porque sou eu que cheiro a água sanitária. Nessa hora, sem sombra de dúvida, tudo que eu queria era voltar no tempo meia hora antes, quando em casa, na cozinha, lavei as mãos como sempre fazia depois das refeições, na bacia com água que ficava permanentemente no guarda-louça para esse fim — não havia água encanada em casa —, sem me perturbar minimamente com o cheiro de água sanitária que, agora, exalava delas.

Nesse instante, a menina de oitavo ano que sou compreende tudo, compreende que o cheiro de cândida — é assim que falamos em casa, não "água sanitária" —, que até esse momento era o símbolo da limpeza, a limpeza das blusas de minha mãe, dos lençóis, dos ladrilhos que foram esfregados e do urinol, um cheiro que não incomodava a ninguém, é, pelo contrário, um cheiro social, o cheiro da faxineira de Jeanne D., o símbolo de pertencimento a um meio "muito simples" — como dizem as professoras —, isto é, inferior. Nesse momento, odeio Jeanne D. Odeio ainda mais a mim mesma. Não a minha covardia, que me impede de dizer que o cheiro vem de mim: me odeio por ter mergulhado as mãos na bacia, por desconhecer os nojos do mundo de Jeanne. Eu me odeio por ter dado a ela um motivo para secretamente me humilhar. Com certeza foi nesse momento que jurei a mim mesma nunca mais fazer aquilo, prestar atenção dali em diante a esse cheiro. Em suma, eu acabara de romper com gerações de mulheres que usavam água sanitária.

Ler

Mencionei a leitura, junto à escola, como fonte de escape e conhecimento. Não me lembro de o pensionato ter jamais incentivado a leitura. Naquela época, o ensino católico via nos livros — e mais ainda nas revistas — um perigo em potencial, a fonte de todos os desvios morais. Os livros que recebíamos no dia da distribuição dos prêmios escolares eram tudo menos atraentes, quiçá legíveis, o conceito de prazer era rigorosamente excluído, e, ainda assim, eu me esforçava para ler *L'Histoire du duc d'Aumale* [A história do duque de Aumale] ou *Le Maréchal Lyautey* [O marechal Lyautey]. Foi através de minha mãe e do prazer que ela mesma sentia em ler que, assim que aprendi, tive a possibilidade e a autorização para ler qualquer coisa exceto as obras notoriamente sulfurosas, "que não podiam cair nas mãos de qualquer um" e que ela escondia — muito mal — de minha vista. Foi assim que, aos doze anos, fui profundamente marcada pela leitura do romance de Maupassant, *Uma vida*, camuflado entre pacotes de café. Mas tive permissão para ler *E o vento levou* aos nove ou dez anos, os folhetins dos jornais femininos e do *Paris-Normandie*, que me fascinavam — era a época dos romances médicos de Frank

Slaughter, dos de Cronin, de Élisabeth Barbier — e naturalmente os livros da Bibliothèque Verte, que eram adaptações de grandes obras da literatura mundial: Jack London, Dickens, George Sand, Charlotte Brontë.

Para mim, há dois tipos de lojas no centro que são lembranças de desejo e prazer: as confeitarias e, na mesma medida, as livrarias. Havia duas livrarias, a Bocquet e a Delamare, com sua "passagem" muito frequentada devido à televisão, grande novidade, a que se podia assistir ali, protegido da chuva. Falando nisso, me vem à mente uma lembrança específica de leitura — ou melhor, de não leitura! Entre os livros expostos na vitrine, havia um chamado *O diabo no corpo*. O título despertava muita curiosidade em mim e numa colega da escola. Estávamos no sexto ano. Não sei qual das duas teve a ideia de comprar o livro, mas lembro que eu insistia muito! Mas era ela, Chantal, filha de agricultores, que tinha o dinheiro para pagar. Então fomos nós duas à livraria pedir *O diabo no corpo*. A vendedora olha para nós, nos mede de cima a baixo e diz: "Vocês sabem que esse livro não é pra vocês". E então eu respondo, sem pestanejar: "É para os nossos pais!". Chantal, que pagou o livro, teve o privilégio de ler primeiro, me contando um pouquinho a cada dia na escola. Não sei mais por quê, mas acabei nunca o pegando nas mãos. Talvez fosse perigoso demais levar *O diabo no corpo* ao pensionato Saint-Michel. Quando finalmente li o romance de Radiguet, aos dezoito anos, pensei de novo nessa história, nesse desejo desenfreado por um livro...

Naquela época eu sentia falta de livros, todos nós sentíamos. Claro, havia a biblioteca municipal, mas ela só abria nas manhãs de domingo e funcionava de um modo bem elitista, para desestimular qualquer desejo de cultura a quem não pertencesse à fração erudita da população. Era preciso chegar já dizendo: "Quero tal livro". Muito bem, mas, ainda que se estivesse ávido por cultura, não se saberia necessariamente do que iria se gostar. É preciso ser informado. Para resumir, vejo minha infância e juventude em Yvetot como um anseio permanente por ler obras tanto da literatura clássica quanto da contemporânea e, por isso, como uma busca de todos os meios para obter os livros, que eram então muito caros. Uma busca também do que era importante ler, pois não se pode ler tudo, eu sabia que "nem tudo é bom". Os pequenos clássicos Larousse tiveram um papel importante na minha iniciação literária, incluindo a frustração que acarretavam por neles constarem apenas fragmentos das obras. Assim, li *O corcunda de Notre-Dame* pela primeira vez no nono ano e foi praticamente um sofrimento, faltavam três quartos do texto...

Acho que uma colega e amiga do primeiro ano do médio se lembra de minha estupefação, meu deslumbramento, diante da biblioteca do pai dela — eu nem sequer imaginava que alguém pudesse ter uma biblioteca dentro de casa! Ter tantos livros a sua disposição me parecia um privilégio inaudito.

Muito cedo, portanto, os livros constituíram o território do meu imaginário, da minha projeção nas histórias e nos mundos que eu não conhecia. Depois, encontrei neles o manual de instruções da vida, um manual de instruções em que eu confiava muito mais que no discurso da escola e de meus pais. Eu tendia a pensar que a realidade e a verdade se encontravam nos livros, na literatura.

Escrever

Esse panorama da memória ligada à cidade de minha juventude com certeza não é exaustivo, pois falta a ele, em particular, a educação sentimental, que gravitou em torno do centro, do famoso Mail, onde se cruzavam sem parar meninos e meninas. Quis sobretudo chamar a atenção para aquilo que está no fundo de minha escrita. É dela que vou falar agora, uma vez que são os livros que escrevi que justificam o fato de eu estar aqui, o fato de estar autorizada a falar publicamente... Que alquimia existe entre essa memória e o conteúdo de meus livros, qual é a relação entre essa memória e a *maneira* de escrever?

Acabo de falar da importância da leitura em meus primeiros anos. Preciso acrescentar que as disciplinas literárias se tornaram rapidamente as minhas preferidas na escola, eu adorava redação, lia com avidez os livros didáticos de literatura. Depois de certa trapalhada em minha orientação vocacional — muito comum para quem nasceu em uma família em que ninguém conhece as etapas de preparação para um exame, mas não falemos disso —, foi somente aos vinte anos que entrei na faculdade de letras em Rouen, com dois objetivos: ser professora de francês e escrever um romance o quanto antes. Nunca pensei que, por ser menina, mulher, e nascida em uma família popular, não erudita, eu não pudesse alimentar a ambição de escrever. Era levada pela certeza de que, antes de tudo, isso dependia de desejo e vontade. Entre os vinte e 23 anos escrevi poemas, contos e um romance que mandei para a editora Seuil, que o recusou – e com razão, posso dizer hoje. Nesse início dos anos 1960, eu estava profundamente seduzida pelo movimento literário do *nouveau roman* — com escritores como Robbe-Grillet, Claude Simon, Nathalie Sarraute, Michel Butor. Esse movimento preconizava uma escrita experimental, resultando em textos de difícil acesso, é preciso reconhecer. O romance que escrevi aos 22 anos não era de jeito nenhum relacionado à minha memória, era uma espécie de objeto desencarnado, muito ambicioso, entretanto. Nessa época, e durante anos, eu tinha apagado de verdade toda a memória de minha infância e adolescência, tendo me distanciado, primeiro pelo pensamento, depois pela geografia, de minha família e da Normandia. Admitia uma única herança, a que a escola, a universidade e a literatura tinham me dado.

Quem leu *O lugar* sabe que dato na morte abrupta de meu pai, em 1967, essa reativação da memória, esse retorno da memória reprimida, essa volta para a minha história e a dos meus antepassados. Ao mesmo tempo, nesse exato momento tomei consciência da minha transformação pela cultura e pelo mundo burguês ao qual meu casamento me levou.

Posteriormente, a sociologia me dará a expressão adequada para essa exata situação, "trânsfuga de classe" — ou, ainda, "rebaixada para cima". No mesmo ano em que perdi meu pai, fui designada, em meu primeiro emprego como professora, para um colégio com cursos técnicos, e vivi um retorno ao real. Diante de mim, quarenta alunos, a maioria oriunda da classe camponesa e operária da Alta-Savoia. Eu percebia a profunda discrepância entre a cultura de origem deles e a literatura que lhes ensinava. Constatava também a injustiça de reproduzir as desigualdades sociais por meio da escola. Foi a partir da morte de meu pai — que encarnava, mais que minha mãe, uma ancoragem nesse mundo operário e camponês — e das aulas para alunos que eram, alguns, uma imagem de mim mesma com aquela idade, por sua rudeza, por sua falta de polidez, por seu desconhecimento dos valores dominantes, foi a partir dessa experiência dupla, portanto, que eu soube o que eu *precisava* escrever: escrever sobre a realidade que eu conhecia, sobre tudo aquilo que já tinha atravessado a minha existência. Quando criança e adolescente eu vivia permanentemente no sonho e no imaginário, ao passo que, por um movimento inverso, foram a realidade e a memória dela que me atingiram e constituíram o material de meus livros a partir do primeiro que publiquei, isto é, *Les Armoires vides*.

Como escrever

É verdade, não sou a primeira pessoa que sabe o que quer escrever. A grande questão é: como escrever, de que maneira escrever? Será que eu, a menininha da mercearia da Rue du Clos-des-Parts, criança e adolescente mergulhada numa linguagem oral popular, num mundo popular, vou escrever, escolher meus modelos na língua literária adquirida, aprendida, a língua que ensino, já que me tornei professora de letras? Será que, sem me questionar, vou escrever na língua literária na qual forcei minha entrada, "a língua do inimigo", como dizia Jean Genet, isto é, do inimigo de minha classe social? Como eu poderia escrever — eu, de certa forma uma migrante do interior? Desde o início me vi numa tensão, numa dilaceração mesmo, entre a língua literária, que estudei e amei, e a língua de origem, a língua de casa, de meus pais, a língua dos dominados, a essa de que depois tive vergonha, mas que vai ficar para sempre em mim. No fundo, a questão é: como, ao escrever, não *trair* o mundo de onde vim?

Em meus três primeiros livros, influenciada por Céline, escolhi uma escrita violenta (*Les Armoires vides*, *La Femme gelée* [A mulher fria]), mas foi a partir de *O lugar*, isto é, ao abordar a vida de meu pai, portanto uma vida ordinária, que se esboçaria para mim a solução para essa tensão, para essa dilaceração. No próprio livro explico minha escolha de escrita:

> Para contar a história de uma vida regida pela necessidade, não posso assumir, de saída, um ponto de vista artístico, nem tentar fazer alguma coisa "cativante" ou "comovente". Vou recolher as falas, os gestos, os gostos do meu pai, os fatos mais marcantes de sua vida, todos os indícios objetivos de uma existência que também compartilhei. Nada de memória poética, nem de ironia grandiloquente. Percebo que começa a vir com naturalidade uma escrita neutra, a mesma escrita que eu usava em outros tempos nas cartas que enviava aos meus pais contando as novidades.*

As cartas às quais me refiro sempre foram escritas com concisão, eram voluntariamente despojadas de efeitos de estilo, e *no mesmo tom das que minha mãe escrevia*. Meus pais não esperavam de mim humor, graça, arte epistolar, apenas informações sobre minha situação de vida, saber "se estava tudo bem aí", se eu estava feliz.

Para ser mais precisa, ao escrever *O lugar* escolhi inventar uma língua que fosse ao mesmo tempo herdeira da língua clássica literária, isto é, despojada, sem metáforas, sem grandes descrições, uma língua de análise e que incorporasse as palavras e as expressões usadas nas classes populares, às vezes algumas palavras de patoá. Mas, por elas estarem relacionadas a um território restrito, para serem compreendidas por todos, preciso dar o significado delas, por exemplo: "seu *grand piot*" (nome do peru em normando).**

* Annie Ernaux, *O lugar*, op. cit., p. 14.

** Nessa passagem de *O lugar*, para manifestar seu ódio, o avô repetia em patoá o insulto "*espèce de grand piot*", e Annie Ernaux registrou entre parênteses uma "tradução" da expressão regional: "nome do peru em normando". Na tradução brasileira optou-se por "seu jumento idiota". (N.T.)

Incorporar essas palavras e frases tem, para mim, um significado social profundo, pois, uma vez escritas em *O lugar*, são elas que "expressam os limites e dão o colorido ao mundo em que meu pai viveu e em que eu também vivi". Vou desmontar essa escrita com alguns exemplos do início do livro: "A história começa a poucos meses do século 20, em um vilarejo na região de Pays de Caux, a 25 quilômetros do mar. Aqueles que não possuíam terra se alugavam para as grandes propriedades da região". "Alugar-se" é a expressão que ouvi quando criança e que evoca toda a relação do operário agrícola com o patrão que o emprega.

> Assim, meu avô trabalhava em uma fazenda como condutor de carroças. No verão, também fazia a colheita e cuidava do feno. Foi a única coisa que ele fez em toda a sua vida desde os oito anos de idade. Sábado à noite, entregava o pagamento recebido para sua mulher e ela o liberava no domingo para jogar dominó e tomar sua bebidinha. Ele voltava para casa embriagado, ainda mais infeliz. Por qualquer coisa, dava uns safanões nas crianças. Era um homem duro, ninguém se atrevia a brincar com ele. Mulher sua não podia rir à toa.*

Esse trecho sobre meu avô é composto fundamentalmente de palavras e frases de que me lembro, muito populares ("brincar", "liberar no domingo", "não rir à toa"),** que transmitem a sensação da realidade como ela foi vivida.

Desejo, de modo geral, escrever literalmente na língua de todos. Trata-se de uma escolha que pode ser chamada de política, uma vez que é uma maneira de destruir hierarquias, dar

* Annie Ernaux, *O lugar*, op. cit., p. 15.

** No original, as palavras e expressões são respectivamente "*noises*", "*donner son dimanche*", "*ne pas rire tous les jours*". (N.T.)

a mesma importância para o sentido das palavras e dos gestos das pessoas independentemente de seu lugar na sociedade.

Essa escolha explica meu interesse, na sequência, em *Journal du dehors* [Diário da vida lá fora] e *La Vie extérieure* [A vida exterior], pelo que vejo no transporte público, no trem, no metrô, nos supermercados, nas pessoas, basicamente, que andam perto de mim.

Écrire la Vie [Escrever a vida] é o título que me pareceu mais adequado para definir meu projeto de escrita dos últimos quarenta anos e o conjunto de textos reunidos na antologia da coleção Quarto, publicada pela editora Gallimard. Escrever *a* vida, não a *minha* vida. Qual é a diferença?, podem perguntar. A diferença é considerar o que aconteceu comigo, o que acontece comigo, não algo único, incidentalmente vergonhoso ou indizível, e sim um material a ser observado a fim de entender, de revelar uma verdade mais geral. Desse ponto de vista, não existe o que é chamado de "íntimo", há apenas coisas que são vividas de maneira singular, particular — é com você, e não com outra pessoa, que as coisas acontecem —, e a literatura consiste em escrever essas coisas pessoais de um modo impessoal, tentar atingir o universal, fazer aquilo que Jean-Paul Sartre chamou de "singular universal". Só assim a literatura "rompe com as solidões". Só assim as experiências da vergonha, da paixão amorosa, do ciúme, do tempo que passa, dos entes queridos que morrem, todas essas coisas da vida, podem ser compartilhadas.

É claro que minha memória mergulha nas falas e nas imagens de uma juventude normanda e popular, indissociavelmente. *O lugar*, *Une Femme*, *A vergonha*, três textos em que, naturalmente, os moradores de Yvetot, da Normandia, reconhecem a cidade, seus lugares, até mesmo as palavras. Mas aquilo que importa nesses textos é de ordem universal, já que diz respeito ao lugar e à trajetória sociais, à vergonha, de tal maneira que esses textos puderam ser traduzidos e lidos em países com uma civilização diferente, como o Japão, a Coreia do Sul, o Egito.

Da mesma maneira, em *Os anos* descrevi o período que vai do fim dos anos 1940 ao fim dos anos 1960 a partir de coisas que vi e ouvi em Yvetot. Assim, a descrição da "quinzena de liquidação", surgida nos anos 1950, se baseia na minha experiência de Yvetot, mas foi escrita de um modo coletivo que mobiliza a memória de todos:

> Debaixo da superfície das coisas inalteráveis — os cartazes do circo do ano anterior com a foto de Roger Lanzac, as imagens da Primeira Comunhão distribuídas aos colegas, O *Club des chansonniers*, na rádio Luxembourg — novos desejos chegavam. Nas tardes de domingo, as pessoas se apertavam diante da vitrine da loja de eletrodomésticos para ver a televisão. [*Lembrança da passagem Delamare*] Os cafés investiam na compra de um aparelho para atrair a clientela. [*Lembrança de "La vieille Auberge"*] [...] A quinzena de liquidação passava a fazer parte do calendário da primavera, ao lado do parque de diversões itinerante e da quermesse. Nas ruas do centro, os alto-falantes estimulavam os pedestres ao consumo. Aos berros, entre canções de Annie Cordy e de Eddie Constantine, anunciavam aos consumidores sorteios de automóveis da Simca e de uma sala de jantar completa. Na praça da prefeitura, sobre um palanque, um apresentador local [*Não vou citar seu nome, de que me lembro...*] arrancava gargalhadas da plateia contando piadas de Roger Nicolas e de Jean Richard e recrutava candidatos para as competições inspiradas em programas de rádio, como *O anzol* ou *Tudo ou nada*. Sentada em um canto do palanque, sobre um trono, ficava a Rainha do Comércio.*

* Annie Ernaux, *Os anos*. Trad. de Marília Garcia. São Paulo: Fósforo, 2021, pp. 45-6.

Yvetot é, em suma, o lugar de experimentação; o material é fornecido pela memória, mas utilizado, transformado pela escrita em algo geral.

Curiosamente, Flaubert cita Yvetot em sua *Correspondência* e investe contra a feiura que vê nela. Ele escreve que é "a cidade mais feia do mundo", acrescentando, ainda assim, algo que relativiza, "depois de Constantinopla". Em seu *Dicionário das ideias feitas*, ele zomba explicitamente: "Ver Yvetot e morrer". Mas, em uma carta a sua amante Louise Colet, aparece também esta frase, que muito cedo me surpreendeu: "Não existem na literatura bons temas artísticos, e por isso Yvetot equivale a Constantinopla".

E, se vocês permitirem, é assim que encerro.

Verão de 1946, Rue de l'École, atrás de casa, aos seis anos

"Ser uma menininha significava de início ser eu: sempre muito grande para a idade, por sorte robusta apesar da fisionomia pálida, uma pancinha saliente, nenhuma cintura até os doze anos."

La Femme gelée

No jardim com Colette,
minha prima, verão de 1949

À janela, entre Colette e Francette, outra prima, no verão de 1953

"Em casa, vendemos bebidas e comidas e todo tipo de ninharias, a granel, num canto. Perfumes baratos em cima das caixas, dois lenços num sapatinho de Natal de enfeite, espuma de barbear, cadernos de cinquenta páginas. Vendemos tudo o que há de mais comum, vinho da Argélia, patê em blocos de um quilo, biscoitos por unidade, uma ou duas marcas de cada produto, nossos clientes não são exigentes."

Les Armoires vides

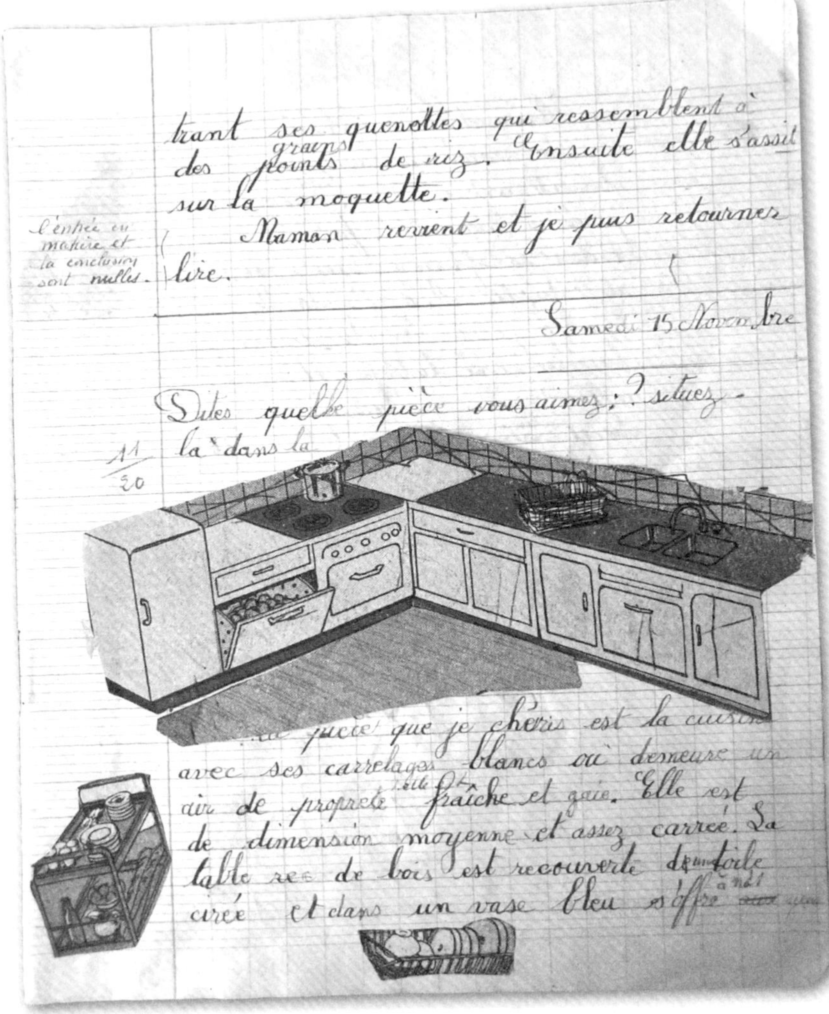

Trecho do meu caderno de francês do sexto ano

Sábado, 15 de novembro de 1953

Diga de qual cômodo você gosta e o localize na casa.

O cômodo que aprecio é a cozinha, com seus ladrilhos brancos em que paira um ar de limpeza fresca e alegre. Sua dimensão é mediana e ela é bastante simétrica. A mesa de madeira é coberta por uma toalha de plástico e em um vaso azul se exibe ~~às~~ aos meus olhos um buquê de rosas ~~desabrochadas~~ ainda cobertas com o orvalho da noite. As cadeiras e o banquinho são feitos de madeira. Do fogão branco posicionado em uma quina emana um fogo crepitante, cuja chama cozinha lentamente um guisado de coelho. À direita do fogão fica a pia; à esquerda, o aparador laqueado. Num canto, uma mesinha e uma poltrona se oferecem à leitura, iluminadas por um abajur. Atrás da mesinha, a rádio TSF toca uma melodia de jazz. Abaixo e nos cantos, quadros com motivos campestres e de pesca enfeitam de modo aprazível as paredes ~~forradas de papel claro~~ pintadas de verde-claro. Do lado oposto há um armário com as panelas e os pratos reluzentes. Na frente do fogão, o cão Lulu relaxa em cima de um tapete, naturalmente muito à vontade, e na poltrona o gato Gugu enrola um carretel de linha. Marie-Josée, a empregada, está ocupada preparando a refeição da noite, suas bochechas cheias e rosadas como maçãs maduras ~~ardem~~ ficam escarlates ao contato com o calor. Ela anda para lá e para cá, mexendo as panelas, batendo a farinha com destreza. Adoro esse cômodo, onde sei que existem algumas gulodices, pois confesso que sou glutona, e também por causa ~~de~~ do bem-estar que predomina ali, e da claridade.

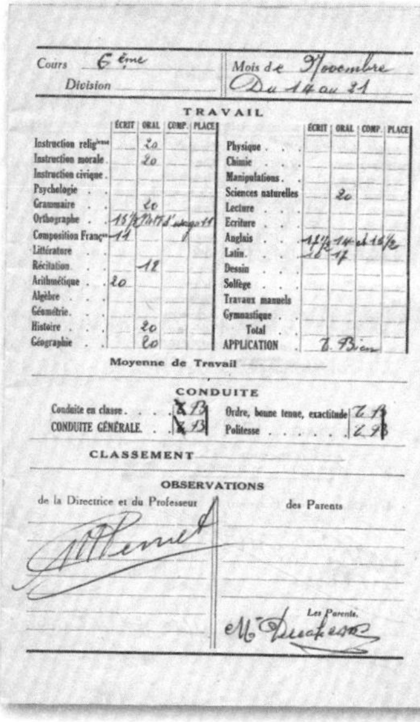

Cours 6ème Mois de Novembre
Division Du 14 au 21

TRAVAIL

	ÉCRIT	ORAL	COMP.	PLACE		ÉCRIT	ORAL	COMP.	PLACE
Instruction relig.euse		20			Physique				
Instruction morale		20			Chimie				
Instruction civique					Manipulations				
Psychologie					Sciences naturelles		20		
Grammaire		20			Lecture				
Orthographe	15½ [illegible]				Ecriture				
Composition Franç.se	11				Anglais	17½	14 et 16½		
Littérature					Latin	16	17		
Récitation		18			Dessin				
Arithmétique	20				Solfège				
Algèbre					Travaux manuels				
Géométrie					Gymnastique				
Histoire		20			Total				
Géographie		20			APPLICATION	T. Bien			

Moyenne de Travail

CONDUITE

Conduite en classe . . . T.B. — Ordre, bonne tenue, exactitude T.B.
CONDUITE GÉNÉRALE . . T.B. — Politesse . . . . . T.B.

CLASSEMENT

OBSERVATIONS
de la Directrice et du Professeur — des Parents

Les Parents.

Trecho do meu boletim de novembro de 1953

1955, no jardim

"As férias serão uma vasta imensidão de tédio e de pequenas atividades para preencher os dias."

Os anos, p. 50

1956, na segunda fileira, a segunda da esquerda para a direita

"A festa mais popular de todas é a quermesse paroquial, no começo de julho, que começa com um desfile pelas ruas da cidade em que as alunas usam fantasias em torno de um tema. Com suas meninas-flores, suas amazonas e suas damas de outros tempos saltando e cantando, a escola particular exibe seu poder de sedução diante de uma multidão reunida nas calçadas, demonstra sua imaginação e sua superioridade em relação à escola pública, que fez um desfile na semana anterior até a hípica com as alunas em austera roupa de ginástica."

A vergonha, p. 50

1957, ao lado do Petit-Pont, perto da estação

"Comecei a desprezar as convenções sociais, as práticas religiosas, o dinheiro. Copiava os poemas de Rimbaud e Prévert, colava fotos de James Dean na capa dos cadernos, escutava 'La Mauvaise Réputation', de Brassens, sentia tédio. Vivia minha rebeldia adolescente de modo romântico, como se meus pais fossem burgueses."

Une Femme

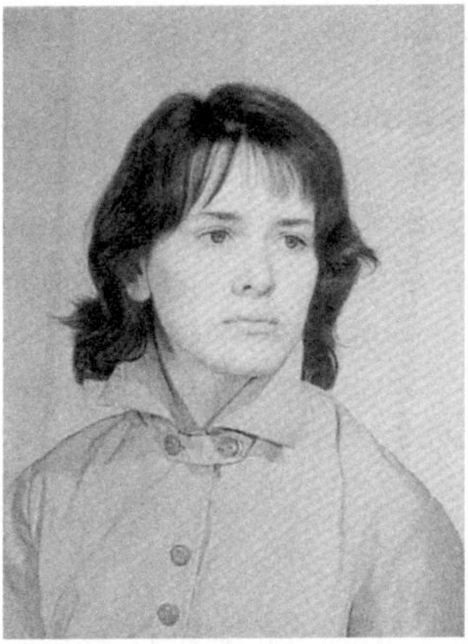

Foto do documento
de identidade

1957, no primeiro ano do ensino médio, no pensionato

"Depois do estudo intensivo para a prova no fim do fundamental veio o relaxamento completo do primeiro ano do médio. A professora de matemática berrava, uma mulher enorme, com uma pelerine preta em cima da blusa xadrez: 'Senhoritas, vocês não possuem o fogo sagrado! Umas molengas, umas folgadas! O fogo sagrado, pelo amor de Deus!'."

La Femme gelée

← 1957, com Odile, minha outra amiga de turma

"Como muitas outras meninas, eu fazia o 'footing', passando diversas vezes na frente das lojas; os meninos faziam o mesmo, avaliados de canto de olho, os bonitinhos e os horríveis. Às vezes se parava."

La Femme gelée

↓ 1957, no pensionato Saint--Michel, perto da gruta de folhagem

"[...] no mês de maio, rezamos o rosário diante de uma estátua da Virgem posta sobre um pedestal e situada no fundo de uma gruta de folhagem imitando a Virgem de Lourdes."

A vergonha, p. 47

1957, no pátio, na frente do café

"Agora ela sabe o lugar que ocupa na escala social — sua casa não tem geladeira nem banheiro, a privada fica no quintal e ela nunca foi a Paris —, abaixo de suas colegas de turma."

Os anos, p. 58

1957, no jardim

"Quando imagina o futuro mais longínquo — depois da escola —, seu corpo e sua aparência seguem o modelo das revistas femininas: ela é magra, com cabelos longos esvoaçantes nas costas, parece a Marina Vlady em *A bruxa*."

Os anos, p. 58

1959, com minha mãe na entrada do café

"Ela era uma mãe comerciante, isto é, ela pertencia primeiro aos clientes 'que davam nosso sustento'."

Une Femme

1959, meu pai

"Gostávamos de tirar foto com os pertences que nos enchiam de orgulho: o café, a bicicleta, mais tarde o Renault 4CV."

O lugar, p. 34

1966, meu pai servindo no café

"Meu pai também era diferente dos clientes, ele não bebia, não saía de manhã com a bolsa nas costas, chamavam-no de patrão, e ele cobrava as dívidas com autoridade."

Les Armoires vides

1961, no pátio, perto da garagem

"Ele acabou se resignando em me ver levar essa vida bizarra, irreal: aos vinte e poucos anos ainda estudante. 'Ela quer ser professora.' Os clientes não perguntavam de qual disciplina, só contava o título, e ele nunca lembrava o que era."

O lugar, p. 55

Verão de 1961, na esquina da mercearia e debaixo da cerejeira

1962, na frente da porta da despensa com Marie-Claude

"Ao ver a moça da foto, tão bonita e forte, ninguém suspeitaria que seu maior medo é a loucura. Para ela, somente a escrita — e talvez um homem — poderia salvá-la, ao menos momentaneamente. Começou a escrever um romance."

Os anos, p. 79

1962, no jardim

"Ela vê seu futuro como a imensa escada vermelha de uma tela de Soutine reproduzida no jornal *Lectures pour tous*, que ela recortou e colou na parede do quarto do alojamento universitário."

Os anos, p. 79

CARTAS PARA MINHA AMIGA MARIE-CLAUDE

Yvetot, 14 de agosto de 1957

Querida Marie-Claude,

O tom desta carta vai ser diferente daquele da anterior que eu tinha te escrito. Não que eu tenha tido notícias de meu famoso "de" (que o diabo o carregue!), nem que meu coração tenha pegado fogo novamente, mas voltei a ter confiança na vida, ainda que, neste momento, a vida que levo não seja exatamente alegre. Minha mãe esteve doente, o doutor disse que era uma angina, o que não é nada bom, e ela também está com um olho paralisado, mas isso pode ser curado com o tempo.

Você deve estar se perguntando se não estou maluca de ter voltado a confiar nas coisas, já que minha família e eu mesma estamos com problemas. Pois bem: nada melhor que uma verdadeira angústia para fazer você se levantar e sacudir a poeira que acumulou sem motivo. Eu não tinha mais tempo para pensar em meus aborrecimentos, de noite estava destruída por cuidar da faxina, da louça, sem contar a ansiedade que o estado de minha mãe provocava. Agora que ela está um pouco melhor, vejo a vida de um novo ângulo, te garanto, e me sinto um pouco idiota por ter choramingado por causa daquele sujeito que não valia a pena.

Desculpe-me, acabo de me dar conta de que só falei de mim até agora, não sei nem mais do que eu estava falando, porque uma priminha de férias aqui em casa, que vai embora logo mais, não para de me irritar.

Você com certeza voltou para casa neste momento em que escrevo. Estou muito feliz por você, que seus dois meses de acampamento tenham sido bons. Mas então, e o malgaxe? Mal posso esperar para saber o que você achou depois de sair com ele. Imagino que, se você reencontrou o colegial de dezesseis anos, você não perdeu a virgindade, apesar do fogo que corre nele. Aquele menino tem o diabo no corpo!

Ele com certeza tem mais de dezesseis anos.

Veja, eu não a julgo de modo algum, até aconselho a se divertir tanto quanto puder. Só se é jovem uma vez. Que chique você vir me visitar; entretanto, você poderia vir na próxima semana, em vez de sábado? Porque, considerando a situação atual, vou ter pouquíssimo tempo.

Como você está vendo, minha caneta ainda é muito temperamental, e a clareza da carta sofre com isso, sinto muito.

Hoje concordo com você: a vida vale a pena ser vivida.

Beijos,

Annie

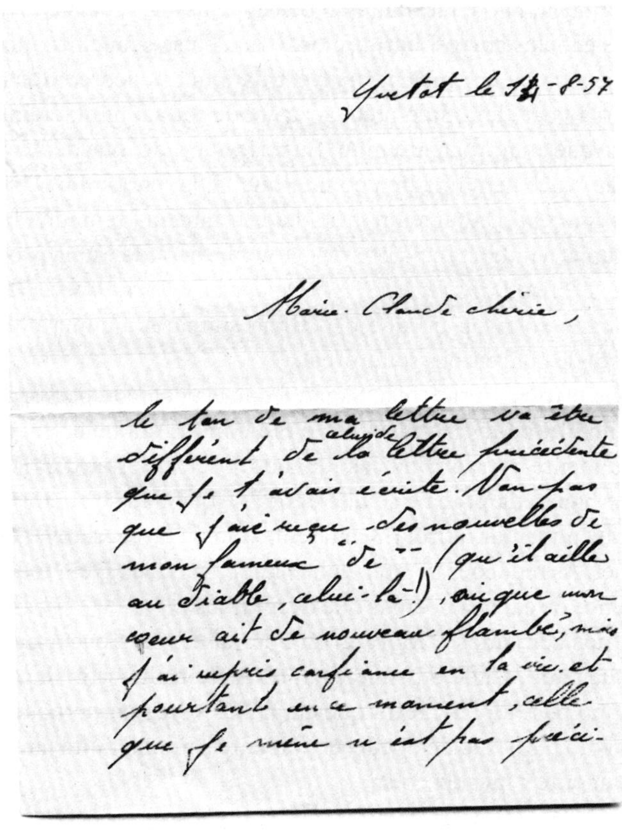

Yvetot le [illegible]-8-57

Marie-Claude chérie,

le ton de ma lettre va être différent de celui de la lettre précédente que je t'avais écrite. Non pas que j'ai reçu des nouvelles de mon fameux de -- (qu'il aille au diable, celui-là!), ni que mon cœur ait de nouveau flambé, mais j'ai repris confiance en la vie. et pourtant en ce moment, celle que je mène n'est pas préci-

Yvetot, 30 de outubro de 1957

Querida Marie-Claude,

Você não imagina como fiquei feliz de te encontrar no sábado em que você veio a Yvetot. Fazia exatamente quatro meses que não nos víamos. Chegará o dia, daqui a cinco, seis anos, em que talvez nós nunca mais nos vejamos. Acho curioso pensar que um dia seremos pessoas muito sérias. Também penso no dia em que nos conhecemos; eu tinha dito: olá, senhorita, cheia de cerimônia, e juro que nem cogitava que seríamos tão amigas um ano depois. Você também não imaginava, não é mesmo, não pensava nisso? Você me divertia com seus cabelos curtos, batidinhos. E sua blusa sem cinto, porque naquela época eu era mesmo malvestida e um pouco conformista. Agradeço a você de todo o meu coração, de toda a minha alma, ~~do~~ pelo livro que comprou para mim. Eu teria adorado uma dedicatória sua... Não, você nem imagina como fiquei feliz: para mim, *Dans un Mois, dans un an* [Daqui a um mês, daqui a um ano] tem uma importância dupla, a importância literária, e acima de tudo é uma prova de amizade. Prefiro *Dans un Mois, dans un an* a *Un Certain Sourire* [Um determinado sorriso], porque não tinha simpatia alguma por Luc (não gosto de quarentões sedutores).

Minha crítica a Françoise Sagan é que ela colocou personagens demais no último livro, mas o fim é tão bom! E também tem passagens realmente extraordinárias (quando Josée e Bernard estão sentados no banco da praça e se dão conta de que não se amam). Que sorte a sua poder ler tanto! Eu mal tenho tempo de te escrever, quem dirá de ler. As redações já estão começando. Terrível. E em toda aula escrevemos de cabeça poemas que decoramos.

Mal nos sentamos e Mora grita com uma voz trovejante: "Primeira questão!". Cadê o primeiro ano? A freirinha está ainda pior que no ano passado: acredita que ela fez os votos perpétuos? Já eu fiz meu voto perpétuo de obedecer somente à minha fantasia. Não é absolutamente a mesma coisa.

Odile não tem sorte. A madre sabe de toda a relação dela com Jean e avisou a mãe dela, que naturalmente foi contra a continuação da história. Odile só chora há oito dias, não quer ceder aos pais. Ela acha que só vai amar uma vez na vida. Talvez não seja um problema, mas não dou conselho nenhum, porque ela quer esperar ter 21 anos para ir embora com o seu eleito, mas quer antes terminar seus estudos e, por isso, fazer o colégio. Tenho a impressão de que o pobre coitado vai precisar esperar tempo demais. Enfim, o coração tem razões que a própria razão desconhece, dizia Pascal. Você gosta de Pascal, não?

Seu irmãozinho não deve estar indo para a escola, certo? A escola Bobée fechou, mas o pensionato está aberto, apesar de metade dos alunos estarem com gripe. Que mais tenho para contar? Não consigo pensar em mais nada de interessante. Minha carta não está divertida, antes elas (minhas cartas) eram — ao que me parece — mais interessantes. Fazer o quê? O gênio dura apenas um século, depois degenera; mais uma vez, uma citação de Voltaire, cujo famoso retrato de chapéu de pele e pernas abertas me faz lembrar de você, que teve a gentileza de recortá-lo. Não, não vou começar a comparar você e Voltaire fisicamente. Que bom! Mas meu francês está ficando nebuloso, o que é realmente curioso porque o abade Schou[tarden] me dá notas mais altas que a freira. A vingança é o prazer dos deuses, e o meu. Não pegue a gripe e aproveite sua juventude, ela dura tão pouco.

Com toda a minha amizade,

Annie

18 de julho de 1958

Querida Marie-Claude,

Estou realmente muito feliz que você esteja completamente curada, mas suas férias não vão ser alegres; você talvez fique melancólica ao se lembrar das de 57, os passarinhos de colarinho, os Roger e os Philippe... Existem os anos entediantes e os alegres, no próximo você vai se divertir em dobro. Claro, você está pensando, isso porque não é você que vai passar por essas férias... É verdade. De minha parte, estou bastante feliz de ir para o acampamento de Sées, embora esteja sofrendo um pouco por antecipação. E a grande questão é que não fiz estágio, contudo Odile me emprestou um livro, o caderno de estágio dela, jogos, mas isso não substitui as aulas. Com certeza vou visitá-la na segunda, dia 28 de julho, e você vem em seguida me visitar. Se estiver tudo certo, não precisa nem me escrever, ainda que eu ficaria muito feliz de receber uma carta sua. Não me surpreende que você não tenha me visto em Rouen no dia da prova do Bac, porque às três horas fazia quase 45 minutos que Mora nos havia levado ao liceu Corneille, com exceção de mim, que ia para o liceu Jeanne d'Arc mas precisava mesmo assim sair na mesma hora que os outros, a cada vez eu tinha uma crise de nervos por chegar ao liceu com mais de quinze minutos de antecedência, sozinha, no meio do cortejo do trote e da algazarra promovida pelos meninos. Fico em Yvetot até 14 de agosto. Espero encontrar alguns conhecidos entre os dias 1º e 14 de agosto, até agora só os conheço de vista, mas poderiam se transformar em flerte. Você está exagerando, dizer que estou apaixonada por Pierre! Não, não, mil vezes não! Ele me lembra o Jacques de *Dans un Mois, dans un an*. Um pouco + refinado, no entanto, e sentimental. É apaixonante analisar o comportamento masculino. Quase não escrevo + para ele, da última vez mudei um pouco meu estilo, adotei um tom voluptuoso, recordando determinadas lembranças que talvez tenham feito seu sangue de virgem ferver... Quanto a mim, indiferença completa. O sangue dele fervendo ou cozinhando em fogo baixo, vou assistir a isso com olhar angelical e sorriso de serafim. Foi Vigny que disse: "E, mais ou menos, a mulher sempre é Dalila". Ele não se enganou completamente, estou me tornando sádica e perversa, uma ingênua perversa, essa é a palavra, mas você também é assim, se não me engano, então isso me consola.

Até mais — com toda a minha amizade,

Annie

Yvetot, 27 de dezembro de 1958

Darling,

Você com certeza sabe por que te escrevo, vai passar *Os trapaceiros* na Normandy de 30 de dezembro a 6 de janeiro. Será que você pode ir? Se sim, o que acha de terça, 30 de dezembro, ou então 2 de janeiro? Mas, apesar dos meus esforços, não vou poder ir até a sua casa, porque minha mãe precisa de mim nas manhãs para ajudá-la com meu pai na clínica, o estado dele é satisfatório. É claro que para você seria muito entediante ir sozinha a Rouen, enfim, faça como for melhor para você. Basta me mandar um cartão-postal ou uma carta — se tiver ânimo! — para me dizer como fica melhor.

Você poderia me mandar o endereço dos estágios CEMEA?* Mas talvez você não o tenha mais, porque você tinha me enviado o prospecto no ano passado e acho que não o devolvi. Preciso fazer um estágio durante a Páscoa para me formar em 59.

Saudações,

Annie

* Centre d'Entraînement aux Méthodes d'Éducation Active.

Yvetot, 5 de março de 1961

Darling,

Veja bem, estou preocupada: você escreveu que 12 de abril seria o dia em que eu poderia ir te visitar, bom, vai demorar, e, depois, esse dia não cai em um domingo, então suponho que seja 12 de março, o próximo domingo? Vou chegar em torno das cinco horas, no sábado, na sua casa, mas será que é possível ficar até segunda-feira, às oito horas, para eu poder ir direto para Rouen? Bom, isso não importa. Vou ficar realmente muito feliz de te encontrar, já é hora de a primavera voltar para nos devolver algum entusiasmo, você me diz que tanto faz, esse sentimento é desesperador, quanto a mim tenho oscilações de humor, o amor mais desenfreado pela vida, depois um desencanto triste. Sabe, a pequena Geneviève trocou de quarto, não está mais com as irmãs, ela tem um quarto só para ela, e já começou a gozar demais da liberdade, flerta a torto e a direito, uma tal falta de vontade nos surpreende, a mim e a Roberte. Você vai dizer, o flerte não me choca, a prova disso é William. Agora já acabou, e me arrependo de ter entrado nesse jogo, os estudantes de medicina são todos uns fantoches volúveis que só pensam em prazer — mas, no fundo, isso não é o principal da minha vida, aliás, que vida estranha essa de estudante, primeiro uma expansão das ideias, dos estudos, a impressão de que se vai consertar o mundo, e depois ir aos bares com os colegas, os flertes sem compromisso, festas... Tirando isso, a Noite da Química foi boa, mas não para nós. Um verdadeiro fiasco, comecei dançando com William, que tentou voltar comigo — eu tinha terminado por causa das infidelidades dele na Noite do Direito — e, com um estoicismo e orgulho de ferro, resisti gloriosamente, mas depois senti um fastio inacreditável e passei a noite inteira dançando com Roberte, Geneviève e uns caras novinhos e feiosos demais, às cinco horas fui embora com Roberte e, sentadas nos degraus da Grand-Pont, ficamos pensando na proximidade do Sena, na feiura e na falsidade, porque também para ela a noite tinha sido arruinada, pois seu príncipe encantado, Régis Duvert, dançou colado com duas moças

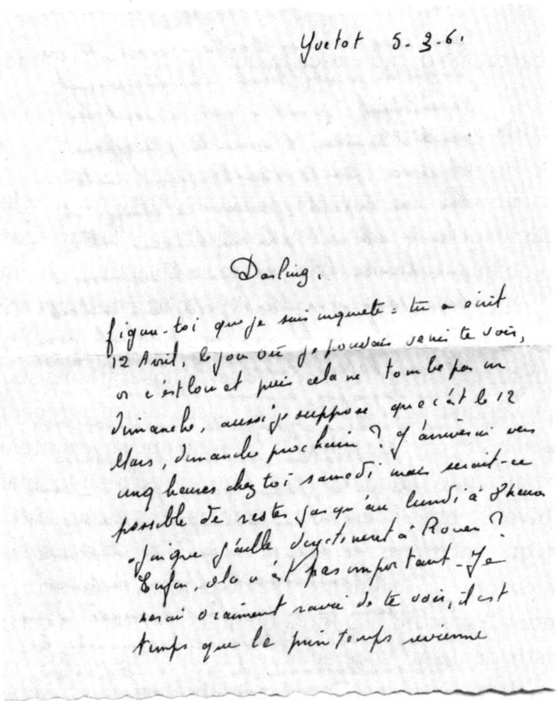

Yvetot 5-3-61

Darling,

Figure-toi que je suis inquiète : tu as écrit 12 Avril, le jour où je pourrais venir te voir, or c'est lundi et puis cela ne tombe pas un Dimanche, aussi je suppose que c'est le 12 Mars, Dimanche prochain ? J'arriverai vers cinq heures chez toi samedi mais serait-ce possible de rester jusqu'au lundi à 8 heures jusqu'à ce que j'aille directement à Rouen ? Enfin, cela n'est pas important. Je serai vraiment ravie de te voir, il est temps que le printemps revienne

a noite toda, lindo como um Adonis. Depois, de madrugada, rodamos de bar em bar, um marinheiro sueco nos ofereceu cigarros — uns sujeitos em carrões Citroën DS que queriam nos aborrecer, e durante todo esse tempo eu estava sem meias, rasgadas, e com um vestidinho de tafetá por baixo do casaco! Foi uma noite esquisita. Vi Claudine Merray nesse baile — foi Roberte que a mostrou para mim —, ela estava com um cara feio e meio estúpido, enfim, talvez não seja nada.

Mal posso esperar a hora de te encontrar, de verdade, para saber se estou completamente destruída! E você, não está também muito melhor que isso? Viva as férias, viva três vezes, eu tenho as provas e você, esse exame da Câmara Britânica...

Até sábado, então, com milhões de saudações.

Annie

(carta não datada, escrita durante o mês de junho de 1962)

Minha querida Marie-Claude,

Bem, no seu aniversário, para não perder o costume, desejo que não lhe falte felicidade em seu ano, seu vigésimo quarto ano agora. Tenho a sensação de que os aniversários estão se aproximando uns dos outros com uma rapidez aterrorizante. Mas não fiquemos tristes com isso! Você não parece estar com uma cara boa. E, no entanto, está fazendo um tempo magnífico, acho que temos a impressão de estar realmente vivendo o agora. Sabe, suas crises não me preocupam nem um pouco, não são caso de psiquiatra! Acho que sei e sinto o que elas significam, mas não tenho o direito "moral" de dizê-lo, mas quando eu ficar noiva, se um dia eu ficar, também vou ter crises desse tipo. Estou feliz que você assistiu a *O ano passado em Marienbad*, é um filme impressionante e, realmente, faz do cinema uma "arte", o que ele não era antes. Assisti na segunda, quando fui tirar um certificado, e quero assistir de novo. Você acha que é um pouco frio? Acho que é quase normal, na verdade, o irreal, a lembrança, têm sempre uma tonalidade de "ausência" e, portanto, de solidão, de frieza. As coisas não são mais vistas pela câmera como elas são quando ninguém olha para elas, mas vistas através das personagens. Aquele quarto todo branco é o quarto da lembrança, isolado, absurdo, e quando o sujeito revê a mulher na cama caindo para trás, a mesma imagem se repete diversas vezes, pois quando a gente se lembra de alguma coisa feliz, a gente faz várias vezes o mesmo gesto mentalmente. Isso não fez você se lembrar de um poema de Verlaine? "No velho parque frio e abandonado/ Duas formas passaram lado a lado// Olhos sem vida já, lábios tremendo,/ Apenas se ouve o que elas vão dizendo"* etc.? E depois, em um outro poema de Verlaine, "Depois de três anos"? Acho que saber que o sujeito tinha sido mesmo amante da mulher no ano anterior

* Paul Verlaine, "Colóquio sentimental". In: Guilherme de Almeida (Org. e Trad.), *Poetas de França*. São Paulo: Babel, s.d.

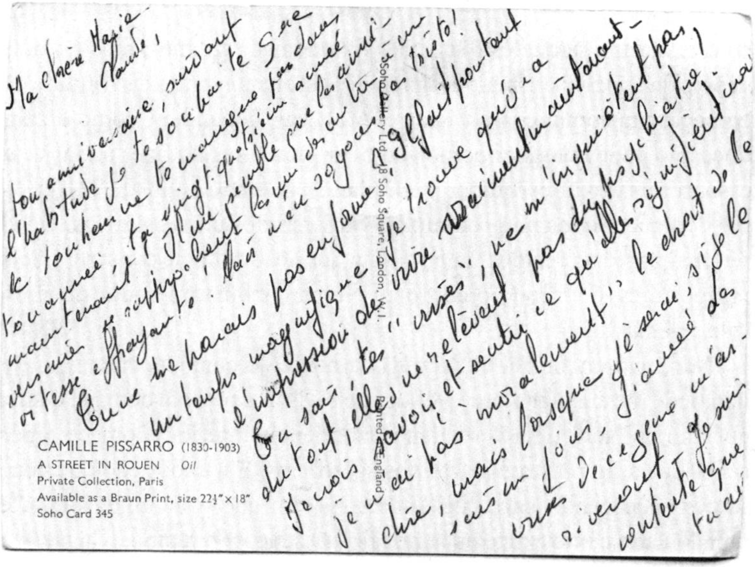

não tem a menor importância. Você achou o início longo? Acho muito importante criar a atmosfera pouco a pouco, e aquele corredor com os ornamentos barrocos, e aquela história que em apenas alguns segundos, mais alguns segundos, vai acabar morrendo, se distanciando e congelando em um passado longe de nós, tudo aquilo é espetacular. Estou feliz que você gostou. Bem, falemos de outra coisa. Nos domingos de 24 de junho e 1º de julho não vou fazer nada, no sábado também não, naturalmente, você podia vir para cá ou eu ir até aí em um desses domingos, depois vou viajar para a Espanha, com certeza em torno do dia 6. Escreva-me em breve para eu poder marcar o dia, está bem? Olhe, para fazermos algo na rua, seria melhor para mim em agosto, *because I have need my money for Spain, all right?* A menos que a gente vá acampar, desta vez vamos ter um pequeno fogareiro a álcool. Estou bem esquisitinha atualmente, um grande vazio se abateu sobre mim, não tenho mais nada para fazer e estou esperando os resultados, e acho que fui mais ou menos mal em todas as provas. Não tenho forças para explicar o tema da dissertação, vou enviá-lo e você vai ver! Quanto à filologia, foi simplesmente terrível, e, para piorar a situação, eu estava num daqueles dias! Não fiz poemas este mês, mas fiz dois depois da Páscoa; de qualquer maneira estou morrendo de vontade de começar um romance ou vários contos, vai "depender", como dizem. Você não pode imaginar como vou ficar infeliz se não fizer nada! Veja, essas férias vão interromper meus planos, mas não importa! Talvez eu me dedique menos no próximo ano aos estudos universitários. Devo ter um quarto na residência feminina que acabaram de construir. Seis mil por mês, com todo o conforto e uma cozinha no andar de cima, vale a pena!

Não, não encontrei G. Murail de novo, de qualquer maneira, ele não pode me ensinar a escrever ou me revisar, é pessoal demais, é uma questão do "ser", uma verdadeira experiência interior. Começo a perceber que a literatura é a arte dos sacrifícios! E a exposição que você estava preparando para Alexandre? Espero que você ainda pinte, é uma loucura como a arte pode nos fazer esquecer o tempo, o lugar. Ah, Marie-Claude, você devia ter estudado para sua prova de inglês, estou realmente decepcionada, porque você sabe que se deixa levar pela diversidade, pela multiplicidade porque não determina um objetivo preciso, não diz a si mesma eu quero ter isso, eu vou ter isso. Sei muito bem que é difícil, e quando penso nos meus próprios certificados, sonho imediatamente com os erros que cometi, as besteiras que poderia muito bem ter evitado, mas o tempo é irreversível — a vida é terrivelmente trágica, não é? Hoje não estou alegre, mas não se preocupe, preciso conhecer profundamente a dificuldade de viver, o desespero humano para transmitir a mensagem, isto é, uma outra visão do mundo pela arte. Geneviève está completamente apaixonada, é meio que uma paixão de menina, se escrevem todos os dias, se telefonam, os dois usam uma jaqueta de couro, o mesmo anel na mão esquerda, fotos ampliadas em quadros etc., sabe como é, mesmo assim acho que é muito profundo e que vai durar. Ela já não sente mais a alegria louca do início, e sim que um nasceu para o outro. Nunca sonho comigo mesma, é preocupante, e tenho a impressão de ser anacrônica; estou cada vez mais distante da realidade, parece que só observo. Eu me assusto comigo mesma, é um imperativo misterioso, uma espécie de destino. Carambolas! Já estou falando de mim de novo, só Deus sabe como vamos falar de tudo e mais um pouco quando nos reencontrarmos, em breve. E pensar que vou ter reprovado em tudo! Horror e danação. Não ligue para minhas bobajadas.

Beijos imensos,

Annie

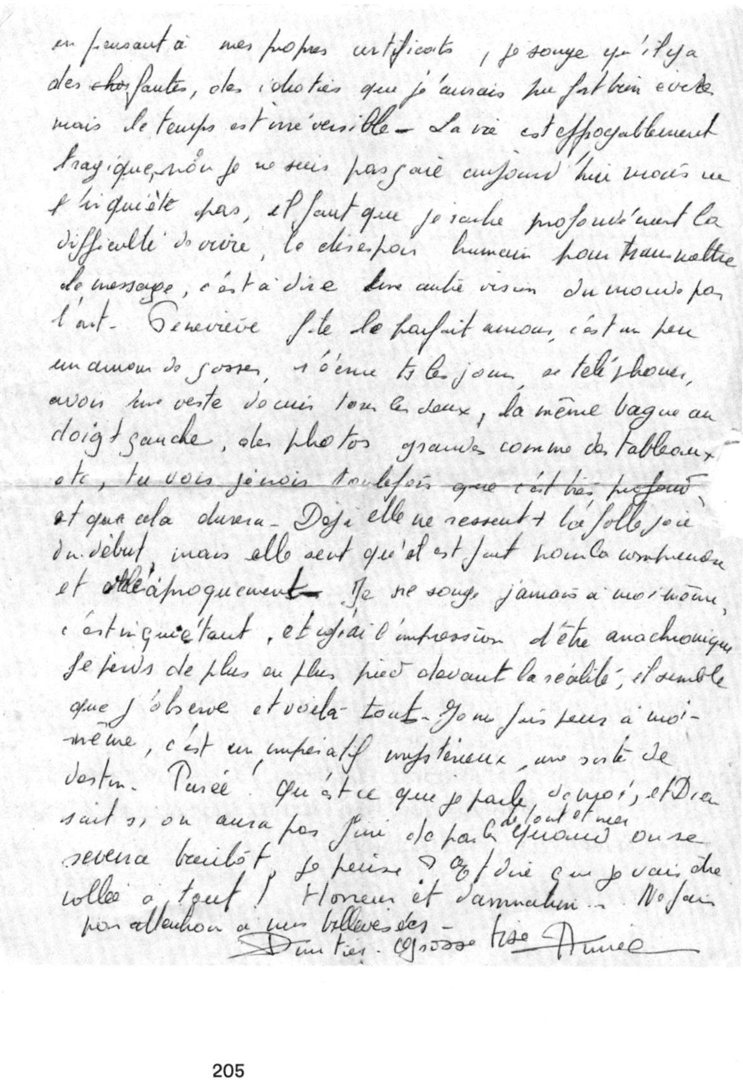

en pensant à mes propres certificats, je songe qu'il y a des ~~choses~~ fautes, des idioties que j'aurais pu fort bien éviter mais le temps est irréversible — La vie est effroyablement tragique, non je ne suis pas gaie aujourd'hui mais ne t'inquiète pas, il faut que je sente profondément la difficulté de vivre, la chose pour humain pour transmettre le message, c'est à dire une autre vision du monde par l'art. Geneviève [illegible] le parfait amour, c'est un peu un amour de gosse, s'écrire ts les jours, se téléphoner, avoir une veste de cuir tous les deux, la même bague au doigt gauche, des photos grandes comme des tableaux ~~etc, tu vois je crois toutefois que c'est très profond~~ et que cela durera. Déjà elle ne ressent plus la folle joie du début mais elle sent qu'il est fait pour la comprendre et ~~elle~~ [illegible] Je ne songe jamais à moi-même, c'est inquiétant, et j'ai l'impression d'être anachronique je perds de plus en plus pied devant la réalité; il semble que j'observe et voilà tout. Je ne pense pas à moi-même, c'est un impératif mystérieux, une sorte de destin. Pensée! Qu'est-ce que je parle de moi; et Dieu sait si on aura pas fini de parler de tout et [illegible] quand on se reverra bientôt, je pense [illegible] dire que je vais être collée à tout! Horreur et damnation. Ne fais pas attention à mes billevesées —

[illegible] Grosse bise Annie

Março de 1963, em meu quarto

"No meu quarto na casa dos meus pais, preguei na parede a seguinte frase de Paul Claudel, cuidadosamente copiada numa grande folha com as bordas queimadas por um isqueiro, como num pacto satânico: 'Sim, acho que não vim ao mundo à toa e havia em mim alguma coisa sem a qual o mundo não podia viver'."

A outra filha, p. 27

Setembro de 1963, café da manhã na escrivaninha do meu quarto

TRECHOS DE MEU DIÁRIO DE 1963

(Estou terminando de escrever meu primeiro romance)

Domingo, 17 de fevereiro

No meio da tarde — aos 22 anos — de um domingo. Há dias e dias estou aqui, com esse rastro cinza desenrolado dentro da minha cabeça. Isso ainda deve continuar por muitos anos — mas vou sucumbir, atacada pela consciência, se não me derem a possibilidade de me expressar — não estar presa à rotina de uma escola...

Todo dia, há uma semana, me aproximo desse momento da noite em que crio "esta história".

Também penso nas provas; e nos dias que virão, estou quase feliz, não sei por quê. Talvez tenha sucesso, apesar de tudo...? Vingar minha raça.

(Duas semanas depois de ter enviado meu original para a editora Seuil)

Quinta-feira, 28 de março

Brigitte me disse "olhe o gato saindo da lixeira". Tive vontade de gritar. Mas esta noite, agora, acho que talvez explorasse essa loucura de uma semana — porque ela chegou ao fim. Amanhã vou estar de novo com vontade de trabalhar. Não vivi de verdade todas as alegrias da primavera, mas talvez ainda não seja tarde demais. De novo penso que gostaria MAIS DO QUE TUDO de ser publicada e — talvez — não o serei. Um romance feito com a minha dor — e só. Jogar na cara dele, daquele rapaz, o que ele recusou.

(Depois de ter recebido a carta de recusa da Seuil, assinada por Jean Cayrol)

Sexta-feira, 29 de março

Enquanto eu sofria, "alguém" analisava meu romance — o sofrimento amargo concretizado —, "alguém" impedia que ele visse a luz do dia. Fumo sem vontade. Escuto música. Eu me torno insensível. Nem amor, nem arte — ainda acredito nesta última, apesar de tudo. Vou ter coragem de recomeçar? Sim, naturalmente. Que vontade de viver! Ainda que agora a ideia do suicídio pareça mais luminosa. Talvez aconteça agora a luta entre esses dois instintos. Não quero me casar. O êxito universitário não me diz quase nada — ainda que eu o deseje, efetivamente.

Sexta-feira, 28 de junho

Será que tenho medo da existência? Sim, o fato de ter um trabalho remunerado, de assumir compromissos estáveis não me agrada. Não, pois eu quero aproveitar o máximo possível. Estou em Yvetot, nesta casa para onde sempre volto. Há cinco anos tomei consciência do apego pela casa dos meus pais — como um lugar de refúgio. Não consegui superá-la. Agora estou superando, mas as recaídas são sempre possíveis.

Hoje comecei a elaborar um conto. Reencontro o zumbido secreto do fim do dia e as palavras — de que parei de gostar durante quatro meses, desde fevereiro. O mesmo espaço de tempo separou o primeiro esboço do meu romance do segundo, eu não conseguia mais ficar tanto tempo sem escrever. De novo sinto o desejo de arrumar uma solução provisória, prefiro um mundo ao outro, mas quem saberá me dizer por quê? O parêntese sempre aberto, o amor. Queria muito que Gérald estivesse aqui ontem à noite. Ele é muito jovem, não tem nada além da beleza e um “mistério” que jamais vou alcançar. Essa história chegou ao fim sem sofrimento, um pouco como tinha começado.

Uma vontade repentina de dormir me faz lembrar dos dias ensolarados de maio.

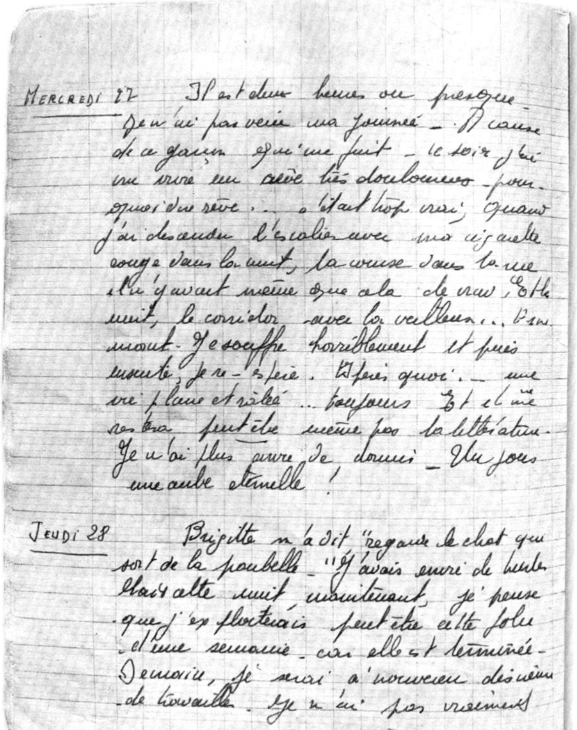

Mercredi 27 Il est deux heures ou presque
Je n'ai pas vécu ma journée — À cause
de ce garçon qui me fuit — le soir j'ai
vu arrivé un rêve très douloureux — pour-
quoi du rêve... c'était trop vrai; quand
j'ai descendu l'escalier avec ma cigarette
rouge dans la nuit, la course dans la rue
il n'y avait même que cela de vrai, et la
nuit, le corridor avec la veilleuse... c'en
mourut — Je souffre horriblement et puis
ensuite, je ré-espère. Espère quoi... une
vie plane et ratée... toujours. Et il me
restera peut-être même pas la littérature.
Je n'ai plus envie de dormir — Un jour
une aube éternelle !

Jeudi 28 Brigitte m'a dit "regarde le chat qui
sort de la poubelle" J'avais envie de hurler
Hors cette nuit, maintenant, je pense
que j'exploiterais peut-être cette folie
d'une semaine — car elle est terminée —
Demain, je serai à nouveau désireuse
de travailler. Je n'ai pas vraiment

Anexos

Entrevista com Marguerite Cornier*

Annie Ernaux
Marguerite Cornier e eu nos conhecemos há mais de quinze anos. Quando a conheci, ela cogitava fazer uma tese sobre meu trabalho literário, especificamente sobre minha maneira de escrever o autobiográfico. Durante todos esses anos, mantivemos contato por cartas. No último mês de junho ela defendeu com sucesso sua tese, em Rouen. Ao final desta conversa, todos que quiserem poderão fazer perguntas.

Marguerite Cornier
Em primeiro lugar, obrigada, Annie Ernaux, por essa conferência que suscita inúmeras perguntas. Você disse que a memória é mais forte que a realidade. Poderia falar dessa dimensão imaginária da memória e da maneira como ela se inscreve em suas narrativas?

* Marguerite Cornier é professora documentalista em Yvetot e autora de uma tese defendida na Universidade de Rouen, *Soi-même comme objet: L'Autobiographie selon Annie Ernaux* [Tomar a si mesmo como objeto: a autobiografia segundo Annie Ernaux], sob orientação de Alain Cresciucci.

Annie Ernaux

Na verdade, não começo a escrever me projetando em um lugar pela memória, nem sequer revendo pessoas específicas. Quando penso num possível livro, num projeto de livro, é a princípio sobre um período da minha vida, de maneira geral, que reflito. É ao começar a escrever, e depois no processo de escrita, que muito naturalmente "vejo" cenas, pessoas, lugares, e uma espécie de filme se desenrola, o filme da memória. Todo escritor, mesmo quando inventa uma história, se baseia em sua memória. E essa memória, até mesmo para mim, está sempre impregnada de imaginação, é trabalhada pela imaginação, mas de uma maneira difícil de explicar a posteriori. Quando estava escrevendo *Les Armoires vides*, eu conseguia rever a mercearia e o café dos meus pais, a Rue du Clos-des-Parts, o pensionato Saint-Michel, o Mail, as pessoas também, clientes, vizinhos, colegas de classe. Mas, ao mesmo tempo, posso dizer que os "via" de uma maneira diferente da que eles eram, eles eram transformados pelo intuito, a intenção do livro, que era mostrar as mudanças progressivas do olhar da heroína, Denise Lesur, sobre seu universo de criança. Dois anos depois de ter terminado *Les Armoires vides*, retornei a Yvetot, para onde não vinha fazia oito anos, isto é, desde antes de escrever o livro, e levei um susto. Eu pensava: "Mas esta não é a rua, a casa, a cidade, que eu via quando estava escrevendo. Era outra coisa". Não sei dizer exatamente o quê. Sabe, explicar como se escreve não é tão fácil assim...

Marguerite Cornier

Sim, claro. Mas como você faz para vincular essa dimensão imaginária a uma realidade da topografia, que é extremamente presente? Refiro-me a *A vergonha*...

Annie Ernaux
Em *A vergonha* é um pouco diferente, eu queria "questionar" a realidade, e por isso me apoiei com tanta precisão quanto possível na topografia de Yvetot e do bairro onde eu morava. Mas não vim para Yvetot verificar nada. Em primeiro lugar, porque determinados espaços tinham mudado completamente. Por exemplo, veja aquele lugar que chamavam de "o pântano da linha férrea", na Rue de la République, ao longo dos trilhos: ele foi aterrado e ali hoje existe um estacionamento, se não me engano. Para mim, o que importava ao escrever era a visão do pântano que eu tinha quando era criança: um lugar horrível, dividido em duas metades, uma com a água muito verde, com certeza por conta dos musgos, e a outra, preta. As mulheres desesperadas iam lá se afogar. E logo depois da guerra, três crianças encontraram ali uma bomba, brincaram com ela e ela explodiu. Todas morreram, depois de sofrerem terrivelmente. Como você pode ver, é a memória da sensação — aqui, minha sensação de criança — que nutre a escrita, mais que a realidade.

Marguerite Cornier
A respeito da sensação, você falou de uma lembrança de vergonha, a lembrança da água sanitária. Você menciona diversos episódios de vergonha, justamente em *A vergonha*, situados em 1952. Foi a sensação que fez você guardar esse episódio?

Annie Ernaux
Na origem da escrita de *A vergonha* está a lembrança, nunca esquecida, do gesto violento do meu pai para com a minha mãe, do meu terror. Eu começo a descrever a cena e descubro, então, que essa cena é fundadora do meu sentimento de vergonha, da minha vergonha social. Em relação ao episódio da água sanitária, certamente foi a sensação que vivi naquele momento que

me fez guardar essa lembrança. Nunca esqueci esse episódio, mas não necessariamente pensava nele. Minha memória não é um armário que abro e fecho quando quero. Com todo mundo é assim. E poderia dizer que a água sanitária não é uma lembrança que guardei voluntariamente.

Marguerite Cornier
Mas também não é uma lembrança involuntária, ligada a uma sensação...

Annie Ernaux
Não... Ou melhor, é difícil dizer. Só sei que, a partir desse momento, passei a ter certeza de que o cheiro de água sanitária era um cheiro de faxina, desagradável, e que não deveria estar em você! Mas minha sensação de adolescente foi vivida com violência. A sensação fixa a memória, claro. Se você não sente nada, não guarda as coisas na memória. Stendhal dizia: "É preciso sentir bastante". Também penso assim. Nem sempre é confortável ser tocado, movido pelas coisas, isso não torna a vida fácil, mas, ao mesmo tempo, é importante quando se escreve, para fixar essas mesmas coisas na memória e usá-las.

Marguerite Cornier
Ainda sobre a memória, você também já falou de como ela foi reavivada quando, em 1967, você começou a trabalhar como professora, tomando consciência da realidade. A realidade estimula a memória?

Annie Ernaux
Sim, muito. Na classe do sexto ano que eu tinha então, havia uma aluna muito boa, mas que detestava falar na sala, uma menininha tímida, um pouco rústica. Certo dia, no entanto, ela

falou sobre a irmã dela: "Agora que cresceu, ela é desagradável". Essa palavra, "desagradável", é uma palavra da minha infância, uma palavra que se ouvia sempre, "Você não é nada desagradável!", e de repente vi nessa criança uma imagem de mim mesma no sexto ano, saída de um meio popular e continuando os estudos. Era minha memória social reprimida que estava despertando no contato com a realidade... De modo geral, cheguei à sala de aula munida do meu conhecimento gramatical, literário, e encontrei à minha frente alunos que usavam palavras de patoá da Saboia que eu não conhecia. Essa realidade me obrigou a assumir: "Eu também já estive nessa situação, em que o professor diz: 'Não se pode usar essa palavra, isso não é francês!'". É francês, sim, porque nós a usamos. Ou: "Não, essa palavra não existe". Existe, sim, porque o aluno a está falando. Percebi, no contato com os alunos, que na transmissão do conhecimento havia uma forma de dominação que tinha sido exercida sobre mim, que eu tinha enterrado sob meu êxito escolar e que, sem querer, estava na minha vez de exercer.

Marguerite Cornier
E, quando está trabalhando, como você faz para organizar suas lembranças e, às vezes, imagino, lidar com a abundância delas? Penso especificamente em *Os anos*, em que há uma quantidade muito relevante de lembranças.

Annie Ernaux
Os anos é um livro de memória de cabo a rabo, mas não é muito fácil para mim esmiuçar como se faz a seleção das lembranças. De uma coisa tenho certeza, isso se faz durante a escrita, com uma boa dose de inconsciente: por que, por exemplo, privilegia-se a menção de uma determinada propaganda dos anos 1950 e não de outra... Parece-me que, ao escrever, se cria uma espécie

de organização entre a memória e depois o texto, as frases. Por acaso, revi uma das versões de *Os anos* no computador e me dei conta do grande número de anotações que deixei em suspenso, isto é, à espera da decisão de cortar ou manter. Cinco anos depois, não consigo dizer por que escolhi cortar tal coisa, acrescentar aquela outra. Não sei mais, porque já não estou mais no texto, nesse movimento da escrita em que a memória "negocia" com o texto. É essa negociação entre memória e escrita que faz com que algumas lembranças sejam escolhidas e outras, eliminadas. Assim, li agora há pouco um trecho de *Os anos* rememorando as primeiras quinzenas de liquidação, os alto-falantes tocando canções de Annie Cordy e de Eddie Constantine. Bom, eu me lembro de muitos outros cantores dessa época. Por que escolhi esses dois, não sei. Tinha Line Renaud, Luis Mariano... Mas já citei Luis Mariano, não posso citar de novo. Está vendo, é isso que chamo de negociação na escrita...

Ainda sobre a quinzena de liquidação, tenho milhões de lembranças e poderia ter escrito muito mais páginas, mas meu projeto não era esgotar minha memória, era mostrar a transformação do mundo em sessenta anos. É esse movimento de transformação que induz, ao escrever, uma espécie de ritmo interior que rejeita lembranças, que as lança ao abismo do que não foi escrito. Acho que é isso, é o texto que comanda. Mais que a memória.

Marguerite Cornier
É o texto que leva você, de certa forma...

Annie Ernaux
Sim, é o texto, mas ele nunca me faz inventar, modificar os detalhes. Sou fiel à autenticidade dos fatos. Se há imprecisões, trata-se de um erro da memória, eu não quis enganar o leitor voluntariamente.

Marguerite Cornier

Eu também gostaria de fazer uma pergunta sobre a maneira como você cita Yvetot; você a menciona às vezes com uma inicial, às vezes com todas as letras. Essa forma de citar Yvetot, de escrever seu nome, faz parte do imaginário do lugar? Acredito que você tenha falado agora há pouco de "cidade mítica".

Annie Ernaux

Sim, para mim é uma espécie de cidade mítica. Em *A vergonha*, declaro que não posso escrever "Yvetot" porque não se trata de um lugar geográfico, aquele que está registrado nos mapas, é o lugar de origem sem nome, uma matriz cheia de coisas indefiníveis. É preciso ter em mente que Yvetot é uma cidade da qual praticamente não saí até os dezoito anos! Nós íamos a Rouen, ao Havre três ou quatro vezes por ano, uma ou duas vezes para o litoral, e só. A exceção foi essa viagem para Lourdes, descrita em *A vergonha*, que foi o grande acontecimento da minha infância. Naquela época não se viajava como hoje, e por muito tempo meus pais não tiveram carro. Yvetot significava as fronteiras do mundo real. Meu mundo imaginário era imenso graças à leitura. Muitos escritores têm uma relação complicada com a cidade de sua juventude. Para Stendhal, pensar em Grenoble dava uma sensação de indigestão de ostras. Não sinto indigestão de coisa nenhuma ao pensar em Yvetot, mas é verdade que muitas vezes, ao voltar para cá, eu me via subitamente privada de qualquer pensamento, como se engolida por alguma coisa muito pesada. Talvez seja uma questão de imaginário, mas estou convencida de que, quando as pessoas, ou você mesma, passam por um lugar, esse lugar conserva alguma coisa dessas pessoas, ou de você. Quando volto sozinha para Yvetot — acompanhada é diferente, sente-se menos as coisas —, é realmente como se eu mergulhasse de novo em um lugar onde ficaram camadas de mim mesma. Tem as camadas da infância, da adolescência. Tem as histórias de amor, os sonhos. Tem todas as primeiras coisas que nos acontecem na vida, as mais importantes. É esse "palimpsesto" que me esmaga e com o qual me confronto.

Às vezes, ao retornar, a sensação é mais violenta que de costume. Eu me lembro de um dia, ao chegar na parte baixa da Rue du Calvaire, ter visto um homem bêbado. Eram onze horas da manhã e ele estava ali, bêbado. Foi uma coisa terrível porque abruptamente, numa desolação imensa, me veio toda a minha infância, com a visão dos homens embriagados no café. Nos anos 1950, vi bem de perto o álcool e a devastação que ele provoca no meio operário. Esse homem na Rue du Calvaire jogava isso de novo na minha cara. Tem aí algo do que, na psicanálise, se chama de "insuperável".

Marguerite Cornier
Você acaba de mencionar um momento em que retornou a Yvetot e, na sua conferência, citou as histórias que ouvia na loja. Podemos dizer que essas histórias que você ouviu na infância tiveram um papel na sua vocação de escritora e na sua maneira de escrever?

Annie Ernaux
Por muito tempo achei que não, que eram apenas anedotas. Depois me dei conta de que não ser uma criança fechada em uma família nuclear, e sim cercada de pessoas durante o dia todo, e ser desde cedo atravessada por tantos tipos de histórias, me forneceu uma experiência precoce do mundo. E, em meu desejo de escrever, fui levada pela sensação de ter um conhecimento que os outros não tinham. Querer escrever também é isto, pensar que temos coisas a dizer, coisas que os outros não

disseram. Temos tal ambição. Com frequência pensava que jamais gostaria de "ser do comércio", como diziam meus pais. Na adolescência, eu fugia dos clientes. Quando voltava da escola, atravessava a loja, resmungava um olá e, *zap*, corria para o meu quarto. Pequena, gritava para minha mãe "Tem um mundo de gente aqui!", para avisá-la que um cliente tinha chegado; não, eu não queria mais ver o mundo. E hoje, por mais uma inversão, posso dizer que escrever é justamente se colocar no meio do mundo, se reconectar com o mundo. E, por fim, isso tem a ver com o comércio, é uma troca. O comércio é a troca de mercadorias, mas também — ao menos naquela época, antes dos supermercados — uma troca com as pessoas. Escrever é isso.

Marguerite Cornier
E ler... Porque você também falou muito dos livros, do seu amor pela leitura. Havia as histórias e esse amor inacreditável pelos livros e pela literatura que você mencionou, que também tinha um aspecto por vezes transgressor. Isso está relacionado à língua literária na qual você "forçou sua entrada"?

Annie Ernaux
Não se pode escrever sem ter lido. Eu tinha um vocabulário muito elevado, adquirido por meio da leitura, diferente de muitas de minhas colegas. Eu utilizava um estilo "erudito" e constatei, nas redações que guardei do oitavo e do nono ano, que de fato escrevia usando os verbos em modos complexos, o subjuntivo imperfeito, o *passé simples* etc. Um francês muito elaborado, clássico, que voluntariamente rejeitei para escrever, optando por transgredir esse francês legítimo ao introduzir em meu livro a língua dos "dominados", como me esforcei para explicar há pouco. Mas talvez por "transgressor" você tenha pensado em outro sentido...

Marguerite Cornier
Sim.

Annie Ernaux
Muitas leituras da juventude me deram a sensação de que eu transgredia leis morais e sociais amplamente aceitas ao lê-las, e eu me abria à uma outra maneira de pensar, de experimentar o mundo. Penso por exemplo em *A náusea*, de Jean-Paul Sartre, um livro que aliás caiu nas minhas mãos completamente por acaso, quando eu tinha dezesseis anos, emprestado por um tio eletricista — existe, sim, a leitura nos meios populares, tive primos que liam bastante —, e esse texto me abalou muito. De uma só vez vi a realidade de um jeito novo e descobri uma maneira de escrever que eu nunca tinha lido, próxima das coisas do dia a dia, daquilo que depois será chamado de "vivido", portanto, muito distante tanto dos romances sentimentais que eu lia quanto dos textos canônicos trabalhados em sala de aula.

Marguerite Cornier
Você também falou da História, que está presente nas suas narrativas, especialmente em *Os anos*. Fazer a História ser revivida é uma maneira de recuperar o tempo?

Annie Ernaux
De certa forma, sim. Esse projeto me ocorreu quando eu tinha quarenta anos de idade. Senti a necessidade de encontrar uma forma para contar uma vida. Contar uma vida, como Maupassant fez em *Uma vida*, mas não da mesma maneira. Diferentemente dele, eu não podia separar minha vida da história das pessoas, da história do tempo, da história do mundo. E é por isso que *Os anos* tem essa forma tanto pessoal quanto impessoal. Pessoal, pois todo mundo entendeu que as fotografias descritas são minhas, que a menina, a adolescente, a mulher das fotos

de fato sou eu, mas ao mesmo tempo eu queria reconstruir toda a História desde a Segunda Guerra Mundial até os anos 2000-2007. Era preciso reconquistar o tempo em sua totalidade. Não acho que seja possível retomar a própria vida fora do mundo em que se viveu. E eu tinha plena consciência de que esse mundo tinha passado por mudanças imensas — o que é o privilégio das pessoas de minha geração —, sobretudo tratando-se da situação das mulheres. A sociedade mudou mais em quarenta anos do que em um século, portanto era preciso dar testemunho disso ao escrever esse livro. Foi percorrendo novamente tanto minha vida quanto a História, as duas imbricadas uma na outra, que tive a impressão de me tornar senhora do tempo.

Marguerite Cornier
Você tentou, de alguma maneira, buscar o tempo perdido?

Annie Ernaux
Não diria isso. Não diria que estou em busca do tempo perdido, não. Já me fiz essa pergunta. Não sei o que estou procurando ao escrever. Aliás, será que estou em busca de alguma coisa? Tenho ideias para projetos, desejos de livros, e é muito urgente e importante realizá-los. Quando os escrevo, chego a me fazer claramente a pergunta: o que estou buscando? A resposta costuma ser: salvar alguma coisa que aconteceu, ou que está acontecendo hoje e vai desaparecer. Isso está escrito explicitamente no fim de *Os anos*: "Salvar alguma coisa deste tempo no qual nós nunca mais estaremos".* Não se trata de buscar o tempo perdido, mas evidenciar a passagem do tempo, mostrar como o tempo escapou e como ele nos leva junto consigo.

(*Aplausos*)

* Annie Ernaux, *Os anos*, op. cit., p. 219.

Conversa com o público

Pergunta da plateia

Você falou bastante sobre memória, e eu gostaria de perguntar a respeito desse ativador da memória — ou se você o definiria de outro modo — que é a fotografia. Além disso, o magnífico *Écrire la Vie* começa com um caderno de fotografias que eu teria dificuldade em chamar de "fotos de recordação". Tenho a impressão de que a fotografia é cada vez mais presente em sua obra e de que, para você, ela desempenha um papel específico na ativação da memória. Você poderia esclarecer qual é esse papel?

Annie Ernaux

Você tem razão, a fotografia desempenha um papel cada vez mais importante no meu trabalho, inclusive fotos que não têm relação comigo, que não são íntimas. A foto constitui um ativador da escrita, talvez mais que da memória. Diante de uma foto, sinto imediatamente vontade de decifrá-la, isto é, de buscar sobretudo o que ela significa ou pode significar, sabendo que talvez eu me engane. Essa atração pela fotografia vem daquilo que Roland Barthes chamava de *punctum*, o tempo apreendido exatamente ali, o instante, sem passado nem futuro, a foto é pura presença. E isso é fascinante, esse tempo aprisionado. E não sei se é a vida ou a morte que vemos em uma foto. Talvez ambas simultaneamente. As pessoas que estão ali na foto nos dizem “estou vivo”. Mas ao mesmo tempo, sabemos que, ainda que não tenham morrido, elas não são mais quem eram no momento em que a foto foi feita.

Todas as fotos — o fotodiário — que estão no início de *Écrire la Vie* são marcos de um tempo que inevitavelmente desapareceu; a presença delas também tem como objetivo evidenciar a diversidade do ambiente social de uma vida, os lugares onde minha vida está inscrita, com prioridade para a infância e a juventude, para a família. Tenho dificuldade de escrever textos sem que em algum momento a fotografia intervenha, sem que eu a descreva mais ou menos. Mas preciso destacar que, se a foto está presente com frequência nos meus livros, é sob a forma escrita, e não material: em *Os anos*, não se vê foto alguma. No entanto, no meu último livro, *A outra filha*, coloquei fotos verdadeiras. Duas fotos de casas: aquela onde nasci, em Lillebonne, e a casa de Yvetot, vista de trás, da Rue de l’École. São fotos sem personagens, sem seres vivos, como em *L’Usage de la photo* [O uso da foto], que também traz fotos sem seres vivos, apenas com roupas fora do lugar nos cômodos, quartos, salas. Como se eu só pudesse mostrar fotos de lugares vazios...

Pergunta da plateia
Eu gostaria de saber a partir de quando você se sentiu reconciliada com seu meio de origem, o meio de seus pais.

Annie Ernaux
Ao escrever sobre ele.

Pergunta da plateia
Ao escrever; então, desde o início?

Annie Ernaux
Foi no início dos anos 1970, assim que tive a ideia de escrever o livro que, uma vez terminado, chamei de *Les Armoires vides*. Alguns leitores ficaram indignados, ao ler esse livro, com o fato de que meus pais tinham sido aviltados nele, mostrados de um modo negativo. Eles não viram, ou não quiseram ver, que se tratava da infância e da adolescência não apenas vista, mas também interpretada por Denise Lesur, a heroína do romance. E a infância, antes da escola e por alguns anos, é descrita como nada menos que um paraíso. É o paraíso da mercearia, dos doces, do próprio café etc. Depois, a escola e os livros vão pouco a pouco desvelando para ela que esse mundo não é "bom", e ela odeia seus pais por não cumprirem aquilo que a escola e o olhar dos dominadores consideram "bom". É claro que não se pode escrever tudo isso sem ter pensado, sem ter entendido que os pais não são condenáveis, e sim a sociedade dividida, hierarquizada, os valores e os códigos que incitam, que provocam na criança saída dos meios populares a vergonha dos próprios pais.

Pergunta da plateia
Sou de Rouen, onde participo de um programa de rádio comunitária, e tenho laços familiares em Yvetot. Escrevo crônicas e leio você há muitos anos. Em primeiro lugar, ao escrever uma crônica sobre você na quinta-feira, li um artigo no *Nouvel Observateur* em que você dizia que, quando era jovem e saiu de Yvetot, queria "vingar sua raça". E eu gostaria de saber se você fez isso. Em segundo lugar, e também ligado a esse primeiro ponto, fiquei muito comovido — eu era então estudante de

sociologia — com o texto que você escreveu em homenagem a Pierre Bourdieu. O que ele representou para você?

Annie Ernaux
Descobri Pierre Bourdieu em 1971-2, ao ler *Os herdeiros* e *A reprodução*, e essa leitura foi uma revelação, tudo se esclareceu: eu tinha sido estudante de letras bolsista, não saída da burguesia como a maioria das moças e dos rapazes da faculdade em Rouen, isto é, os "herdeiros" culturais e econômicos. Eu nem sequer tinha a mesma relação com os estudos que eles, não tinha essa relação de familiaridade com a cultura, e vem daí uma forma de instabilidade interior. Meu êxito supunha uma ruptura com a cultura de origem e uma adesão à cultura dominante. Na verdade, graças a Bourdieu eu sabia *quem eu era*: alguém que foi rebaixada para cima, uma "trânsfuga de classe", como disse antes. E foi ler Bourdieu que me fez passar ao ato de escrever, que de certa forma me intimou a escrever. Desde a morte de meu pai e minha entrada no magistério eu tinha o desejo de escrever sobre o que havia me distanciado dos meus pais, mas, para resumir, Bourdieu me obrigou a ousar fazê-lo.

Agora, se vinguei minha raça, como declarei que faria no dormitório da cidade universitária de Rouen? Isso era muito ambicioso, talvez um voto, um grito que ecoava o grito de Rimbaud, que escreveu: "Sou de raça inferior por toda a eternidade". Talvez eu possa dizer, desta vez como Camus, que não aumentei a injustiça do mundo... Tenho a impressão de que alguns dos meus livros permitiram às pessoas tomar consciência de coisas que elas não ousavam pensar, se sentir menos sozinhas, se sentir mais livres, talvez, e por isso mais felizes. Penso em *O lugar*, *A vergonha*, *Les Armoires vides*. Talvez tenha sido assim que vinguei minha raça, sendo uma mediadora entre a opacidade do mundo social e as pessoas que me leram. Vingar simbolicamente. Pois, num plano mais direto, político, meu engajamento não vai além de posições que tomo nos jornais.

Pergunta da plateia
Eu gostaria de saber como você trabalha, como escreve. Você falava do tempo, e fiquei me perguntando em qual tempo você escreve, com qual ritmo.

Annie Ernaux
Varia muito. Me esforço para escrever todos os dias, mas não consigo, por motivos concretos, de compromissos, compras urgentes! Fora isso, é de manhã que me sinto mais disponível para a escrita, mas não além da uma, duas horas da tarde. Por vezes, escrevo muito pouco, mas, na verdade, estou o tempo todo pensando. Penso o tempo todo no livro que estou escrevendo. É como se... como se eu vivesse em dois planos. Vivo na vida real — como aqui, agora — e também em outro plano, o da escrita do livro que está me acompanhando. Que é uma obsessão, na verdade.

Chego a pensar que não aproveitei a vida. No fundo, não sei o que significa aproveitar a vida, porque sempre tive essa obsessão por escrever. No entanto, no fundo, quando pondero sobre minha ambição, meu desejo de escrever quando tinha vinte anos — e que não sei se era uma coisa boa ou ruim —, penso que consegui fazer aquilo que tinha vontade de fazer. Talvez isso seja o mais importante.

(*Aplausos*)

Annie Ernaux
Muito obrigada pela presença de todos e por terem sido, de verdade, uma plateia tão, tão boa. Agora posso afirmar que fiz as pazes com Yvetot!

Posfácio

Ler um livro de Annie Ernaux é muitas vezes reconhecer uma parte de si: uma época, costumes, palavras e gestos do dia a dia, ideias ou imagens vislumbradas há mais ou menos tempo, sentimentos e talvez paixões. É, em suma, ser levado de volta para nossa própria memória, que então questionamos, escavamos, da qual nos reapropriamos. De fato, nesta obra autobiográfica o que está em questão não é uma espécie de autocomplacência, mas a experiência de levar o outro em conta, buscar-se e encontrar-se através dos acontecimentos da História ou da vida diária, das pessoas com quem cruzamos, que encontramos, que amamos. Um mundo e uma época são assim postos em palavras, inscritos na densidade do texto — mundo conservado e mundo-espelho para os leitores, também eles convidados a recuperar a memória, retornar para si mesmos e para a própria vida.

E trata-se exatamente de um retorno para Annie Ernaux, que em 13 de outubro de 2012 foi ao encontro de um público muito importante, uma vez que quinhentas pessoas se deslocaram para a grande sala de espetáculos do Centro Cultural dos Vikings. Esse público atento, que formava uma massa impressionante de pessoas na arquibancada, veio escutar Annie

Ernaux sentada diante de uma mesa e um microfone, vestida com um conjunto preto. Sua fala, evocando as lembranças de Yvetot e a criação literária, interessou e conquistou a plateia. Ao fim da entrevista e da conversa com o público, a escritora começou uma longa sessão de autógrafos. Durante três horas, sorridente, ela escreveu uma mensagem individual para cada um. Nesse meio-tempo, transcorria na sala um espetáculo da companhia L'Éolienne baseado no texto de *Paixão simples*. A apresentação terminou, e os leitores que não tinham conseguido assinar seus livros devido à multidão voltaram à fila de espera, que, às oito horas da noite, ainda continuava...

Esse retorno oficial bastante aclamado deu a Annie Ernaux a oportunidade de falar sobre o que Yvetot representou em sua obra e em sua vida — pois as duas são indissociáveis — e, ao mesmo tempo, permitiu que ela atestasse a autenticidade das lembranças presentes nos livros.

Nascida em Lillebonne, Annie Ernaux passou a infância e a adolescência na cidadezinha normanda de Yvetot, situada no planalto do Pays de Caux e atravessada pela rodovia nacional que vai de Rouen ao Havre. Essa posição central faz dela um lugar de passagem e comércio, com a estação e a via férrea que permite o trajeto entre Paris e o Havre. No centro, a rua principal se organiza em torno do Mail, passeio com conjunto de lojas que ladeia uma zona de pedestres, diante da moderna igreja toda redonda, de vitrais coloridos, que por muito tempo foi considerada curiosa, antes de se tornar motivo de orgulho da cidade.

Em 1945, quando chega a Yvetot, cidade em que seus pais tinham morado na juventude e que nunca mais iriam deixar, Annie Ernaux tem cinco anos. Na década de 1950, ela assiste à construção do novo centro sobre as ruínas da guerra, um conjunto de pedras claras que com o tempo se tornam cinza. Muito rapidamente ela deseja ir embora da cidade. Em 1958 parte para continuar os estudos em Rouen. Yvetot é a cidade dos retornos, e um desses retornos é importante para nós. Foi quando ela visitava seus pais, em junho de 1967, que seu pai morreu abruptamente. É de sua presença nesse momento em Yvetot que decorre a escrita de *O lugar*, o livro que a tornou conhecida do grande público. Depois virão as visitas a sua mãe, já viúva, contadas em *Une Femme*, e então visitas ao cemitério e à família materna, mencionadas em *Se Perdre* [Se perder].

No entanto, a cidade de Yvetot não é nomeada nos três primeiros textos, e apenas os leitores de lá e os iniciados terão reconhecido, em *Les Armoires vides*, a Rue du Clos-des-Parts disfarçada de Rue "Clopart", onde mora a família da protagonista. Da mesma maneira, a cidade é referida apenas por sua inicial, "Y.", em *O lugar*, a primeira narrativa de Annie Ernaux desprovida de qualquer elemento ficcional. Depois da morte da mãe da autora, Yvetot aparece com todas as letras em *Une Femme*, para ser de novo mascarada pela inicial em *A vergonha*. Esta narrativa, que parte do espaço fechado e secreto da adega, descreve em seguida com grande precisão a topografia da cidade inteira, depois do bairro e de suas ruas com seus nomes, e por fim o café-mercearia, em um movimento de aproximação que evoca irresistivelmente um travelling. Encontramos o nome de Yvetot com todas as letras nos escritos subsequentes: *Os anos*, que "levanta as imagens" de uma época; *A outra filha*, que conta o momento fundador em que a narradora descobre a existência da irmã morta antes de seu nascimento, enquanto ela está na Rue de l'École, na qual revê o "declive, a grade, a luz fraca".

Yvetot ocupa, assim, um lugar fundamental na obra. É como escreve a narradora de *A vergonha*: "o lugar de origem sem nome no qual me sinto, quando volto para lá, tomada por um torpor que me esvazia de todos os pensamentos, de quase todas as lembranças precisas, como se ela fosse me engolir novamente".* Essa frase transmite uma alta carga afetiva, indissociável da infância, das origens sociais, da escola, das rupturas e dos aprendizados da juventude. Contém também toda a dimensão poética e secreta de uma sensação profunda e estranha. Yvetot é o lugar da felicidade familiar, dos sonhos e das leituras sem fim, mas também do segredo e das humilhações, isto é, da construção da personalidade e da vocação da escritora. Assim, Yvetot se inscreve tanto na memória quanto no imaginário da escritora, uma vez que a cidade da qual ela fala pertence ao passado, que ela pôs em palavras para se tornar um lugar simultaneamente literário e vivo, o território de destinos singulares que se tornaram exemplares de um meio social e de uma época.

Depois de ter deixado Yvetot e a Normandia, vivido em Bordeaux e Annecy, o acaso a levou para uma nova cidade, então em construção na região parisiense, Cergy, que serve de moldura para *Journal du dehors* e *La Vie extérieure*. A outra face da moeda ou espelho? Ao contrário de Yvetot, cidade reconstruída mas que existia havia muito tempo, Cergy saiu do papel nos anos 1970. É nesse lugar cosmopolita e sem memória, no entanto, que Annie Ernaux encontra seu passado, observando os rostos, as atitudes e os gestos de todos com quem cruza. Ali ela construirá uma obra baseada na memória de ontem e de hoje, nas imagens desse mundo interior que ainda vive nela, que ela

* Annie Ernaux, *A vergonha*, op. cit., p. 27.

decifra e desvela pouco a pouco. E uma rede de palavras se tece através do tempo e do espaço, entre a cidade de origem e a cidade nova. Ela faz as lembranças esquecidas ressurgirem e nos fala da História, dos acontecimentos do mundo e da vida atual. Imagens da memória, fotografias do álbum de família descritas nas narrativas e que dão ao texto a densidade da vida, arquivos, tantas provas daquilo que foi e daquilo que ela busca salvar. Recentemente, o "fotodiário" que inicia *Écrire la Vie* é um exemplo significativo dessa vontade de fazer vida e literatura coincidirem. E, ainda que a narradora explique que ele "não é uma *ilustração* dos seus livros", é grande, para o leitor, a tentação de procurar reconhecer as pessoas, os lugares e os costumes rememorados nas narrativas.

Retorno a Yvetot se inscreve no procedimento sempre presente em Annie Ernaux de produzir uma obra autêntica, de comprometer-se a insuflar nas palavras que escreve a densidade da vida e a realidade do tempo que escapa.

MARGUERITE CORNIER, JANEIRO DE 2013

Índice onomástico

Título original: *Conférence Nobel*, *L'Écriture comme un couteau* e *Retour à Yvetot*

DIRETORAS EDITORIAIS Fernanda Diamant e Rita Mattar
EDITORA Eloah Pina
ASSISTENTES EDITORIAIS Cristiane Alves Avelar e Millena Machado
PREPARAÇÃO Gabriela Rocha
REVISÃO Thaisa Burani e Livia Azevedo Lima
ÍNDICE REMISSIVO Probo Poletti
DIRETORA DE ARTE Julia Monteiro
CAPA Bloco Gráfico
IMAGENS Arquivo privado de Annie Ernaux (direitos reservados)
PROJETO GRÁFICO Alles Blau
EDITORAÇÃO ELETRÔNICA Página Viva

Dados Internacionais de Catalogação na Publicação (CIP)
(Câmara Brasileira do Livro, SP, Brasil)

Ernaux, Annie
A escrita como faca e outros textos / Annie Ernaux ; tradução Mariana Delfini.— São Paulo : Fósforo, 2023.

Título original: Conférence Nobel, L'écriture comme un couteau, Retour à Yvetot
ISBN: 978-65-84568-54-9

1. Crítica literária 2. Ernaux, Annie, 1940- 3. Literatura francesas I. Título.

23-176096 CDD — 843.09

Índice para catálogo sistemático:
1. Crítica literária : Literatura francesa 843.09

Cibele Maria Dias — Bibliotecária — CRB-8/9427

1ª edição
1ª reimpressão, 2024

Editora Fósforo
Rua 24 de Maio, 270/276, 10º andar, salas 1 e 2 — República
01041-001 — São Paulo, SP, Brasil — Tel: (11) 3224.2055
contato@fosforoeditora.com.br / www.fosforoeditora.com.br

Este livro foi composto em GT Alpina e GT Flexa e impresso pela Ipsis em papel Golden Paper 80 g/m^2 para a Editora Fósforo em agosto de 2024.

FSC
www.fsc.org
MISTO
Papel | Apoiando o manejo florestal responsável
FSC® C011095

A marca FSC® é a garantia de que a madeira utilizada na fabricação do papel deste livro provém de florestas gerenciadas de maneira ambientalmente correta, socialmente justa e economicamente viável e de outras fontes de origem controlada.